重现经典

重现经典
编委会

主编　　陈众议

编委　[排名不分先后]

陆建德　　余中先
高　兴　　苏　玲
程　巍　　袁　伟
秦　岚　　杜新华

重现经典
编委会
推荐语

近世西风东渐,自林纾翻译外国作品算起,已逾百年。其间,被翻译成中文的外国作品,难以计数。几乎每一个受过教育的中国人,都受过外国文学作品的熏陶或浸润。其中许多人,就因为阅读外国文学作品而走上文学创作的道路。比如鲁迅,比如巴金,比如沈从文。翻译作品带给中国和中国人的影响,从文学领域渗透到社会生活的各个方面。从某种意义上可以说,是翻译作品所承载的思想内涵把中国从古老沉重的封建帝国,拉上了现代社会的轨道。

仅就文学而言,世界级的优秀作品已浩如烟海。有些作家在他们自己的时代大红大紫,但随着时间的流逝而湮没无闻。比如赛珍珠。另外一些作家活着的时候并未受到读者的青睐,但去世多年后则慢慢被读者接受、重视,其作品成为文学经典。比如卡夫卡。然而,终究还是有一些优秀作品未能进入普通读者的视野。当法国人编著的《理想藏书》1996年在中国出版时,很多资深外国文学读者发现,排在德语文学前十位的作品，竟有一多半连听都没有听说过。即使在中国读者最熟悉的英美文学里，仍有不少作品被我们遗漏。这其中既有时代变迁的原因，也有评论家和读者的趣味问题。除此之外，中国图书市场的巨大变迁，出版者和翻译者选择倾向的变化，译介者的信息与知识不足，时代条件的差异，等等，都会使大师之作与我们擦肩而过。

自2005年4月始，重庆出版社大力推出"重现经典"书系，旨在重新挖掘那些曾被中国忽略但在西方被公认为经典的文学作品。当时，我们的选择标准如下：从来没有在中国翻译出版过的作家的作品，虽在中国有译介，但并未得到应有重视的作家的作品，虽然在中国引起过关注，但由于近年来的商业化倾向而被出版界淡忘的名家作品。以这样的标准选纳作家和作品，自然不会愧对中国广大读者。

随着已出版书目的陆续增加，该书系已引起国内外读者的广泛关注。应许多中高端读者建议，本书系决定增加选纳标准，既把部分读者熟知但以往译本存在较多差误的经典作品，以高质量重新面世，同时也关注那些有思想内涵，曾经或正在影响着社会进步的不同时期的文学佳作，力争将本书系持续推进，以更多佳作满足不同层次读者的需求。

自然，经典作品也脱离不了它所处的时代背景，反映其时代的文化特征，其中难免有时代的局限性。但瑕不掩瑜，这些作品的文学价值和思想价值及其对一代代读者的影响丝毫没有减弱。鉴于此，我们相信这些优秀的文学作品能和中华文明继续交相辉映。

丛书编委会修订于2010年1月

[美]安·兰德 著
张林 译

重庆出版集团 重庆出版社

Anthem by Ayn Rand
Copyright©1938 by Ayn Rand
Introduction copyright©Leonard Peikoff and the Estate of Ayn Rand, 1995
Simplified Chinese translation copyright©2024 by BEIJING ALPHA BOOKS CO., INC.
Published by arrangement with Curtis Brown Ltd.
through Bardon-Chinese Media Agency
All rights reserved.

版贸核渝字（2023）第147号

图书在版编目（CIP）数据

一个人 / (美) 安·兰德著；张林译. — 重庆：重庆出版社, 2024.3
书名原文：Anthem
ISBN 978-7-229-18038-6

Ⅰ.①一… Ⅱ.①安… ②张… Ⅲ.①中篇小说—美国—现代 Ⅳ.①I712.45

中国国家版本馆CIP数据核字（2023）第209384号

一个人
YIGE REN
[美] 安·兰德 著　张　林 译

策　　划：	华章同人
出版监制：	徐宪江　秦　琥
责任编辑：	彭圆琦
责任校对：	王昌凤
责任印制：	梁善池
营销编辑：	史青苗　孟　闯
书籍设计：	潘振宇 774038217@qq.com

重庆出版集团
重庆出版社 出版
（重庆市南岸区南滨路162号1幢）
北京毅峰迅捷印刷有限公司　印刷
重庆出版集团图书发行公司　发行
邮购电话：010-85869375
全国新华书店经销
开本：850mm×1168mm　1/32　印张：4.25　字数：65千
2024年3月第1版　2024年3月第1次印刷
定价：52.80元
如有印装问题，请致电023-61520678
版权所有　侵权必究

I worship individuals for their highest possibilities as individuals, and I loathe humanity, for its failure to live up to these possibilities.

——Ayn Rand

我崇拜个人,是因为他们作为个人的最高可能性;我厌恶人类,是因为他们没能实现这些可能。

——安·兰德

目录

序言
012

一个人
030

附录
130

CONTENTS

Introduction

012

Anthem

030

Appendix

130

INTRODUCTION

序言

安·兰德为这部篇幅不长的小说起的暂定名是《自我》(Ego)。"我之所以用这个词，要的就是它确切的、字面上的意思。"她在给一位记者的信中这样写道："我的意思并不是'自己'的象征，而是实际上特指'人的自己'。"[i]

安·兰德认为，"人的自己"，就是他的头脑或他在概念方面的机能，即理性的机能。人所有精神上独特的属性，均源自这一机能。譬如，是理性（即人的价值判断）使人产生情感。同样也是理性控制着人的意愿，即做出选择的能力。

然而，理性是个人的所有物。并不存在诸如集体大脑这种东西。

"自我"这个词将上述几点综合成了一个单一的概念：它将头脑（及其属性）定义为个人的一种财产。从而，"自我"便构成了一个人的基本身份。正如一本字典中所述：自我即"任何人的'我'或自己；一个有思考、感觉、希望的人，并将我的自己与其他人的自己，与思想中的对象区分开来"。[ii]

安·兰德之所以颂扬人的自我，其原因显而易见。通过这一行为，她（含蓄地）维护了她的哲学的核心原则，同时也是她作品中的主人公们的核心原则：理性、价值、意愿、个人主义。相比之下，她作品中的反派角色则不思考，不判断，不希望；他们都是二手货[1]，情愿被他人控制。他们已然宣布放弃他们的头脑，从字面意思上来说，他们已经没有了自己。

这部关于人的"自我"的中篇小说于1938年在英国首次出版。它与1943年出版的《源泉》(The Fountainhead)有什么关系呢？安·兰德在1946年写道，《颂歌》[2](Anthem)就像"艺术家们为了将来的大幅油画而作的草图。在写《颂歌》的同时，我也在为《源泉》工作。二者有着同样的主题、精神与意图，不过是以完全不同的形式表现出来的"。[iii]

当时有一位记者曾警告兰德女士，对一部分人来说，"自我"这个词"冲击力太强了，甚至是不道德

---

[1] second-hander，此处指没有自我意志，全盘接受他人意见的人。参考重庆出版社2013年版高晓晴、赵雅蕾、杨玉所译《源泉》一书中对该词的译法，将其译作二手货。——译注

[2] 本书英文书名直译应为"颂歌"，中文版书名改为"一个人"，但为了文意的贯通，在序言中采取"颂歌"这一译法。——译注

的"。她答复道:"哎,当然会有这样的人。你以为这本书是针对谁写的?"[iv]

尽管对于文本而言,"自我"这个词始终至关重要,但出版时,书名却改成了《颂歌》。这并不是说安·兰德试图使这本书变得温和起来,而是她对每一部作品都会采取同样的步骤。她的暂定名总是直言不讳并且毫无感情,为了明白起见,直接点出作品的核心问题;这样的书名容易过早并过多地向读者泄露内容,也过于枯燥无味。她最终确定的那些书名仍然与核心问题有关,但采取了间接的、唤起的方式;它们让读者自己去发现作品的意义,从而吸引甚至触动他们。[关于这一点还有另外一个例子,《罢工》(*The Strike*)这个暂定名在适当的时候变成了《阿特拉斯耸耸肩》(*Atlas Shrugged*)。]

按照兰德女士的想法,现在这部小说,从一开始就是一曲献给人的"自我"的赞歌。因此,修改作品的标题并不困难:从"自我"变成"赞歌"再变成"颂歌",让读者自己去发现这曲赞歌所颂扬的对象。"最后两章,"兰德女士在一封信中写道,"是真正的颂歌。"[v] 其余的部分都是铺垫。

在我看来，选择"颂歌"（而不是"赞歌"，或者比如说"颂扬"），还有另外一个原因。"颂歌"是一个有宗教色彩的词语，它的第二个定义是"一段神圣的声乐作品，歌词通常摘选于宗教经文"。[vi] 不过这并不意味着安·兰德想让自己的作品具有宗教性。事实恰恰与之相反。

在《源泉》一书的二十五周年纪念版序言中，安·兰德解释了这一点。她写道，在某种程度上，她的作品为了抗议宗教在伦理学这一领域的垄断：

就像宗教率先僭越了伦理学的领域，使道德与人类相对抗一样，它同样也篡夺和盗用了我们语言中的道德概念，将它们置于世俗之外，使人类无法企及。"升华"通常被用来表示由于对超自然的沉思而唤起的一种情感状态。"崇拜"一词意指在情感上体验对某种超乎人类的事物的忠诚和献身。"崇敬"是指一种神圣的敬意，它通过膜拜去体验。"神圣"的意思是超越于任何与人类、与地球有关的东西，并且不能被它们触及。凡此种种。

但是，这样的概念确实指的是实际的情感，尽管并不存在超自然的范畴；而体验这些情感会令人振奋，使人感到高贵，并不会让人感到宗教定义所要求的那种妄自菲薄。那么，在现实中，它们的来源和所指是什么？那便是人类致力于一种道德理想的一整个情感王国。……

必须将人类情感的这一最高等级从幽暗的神秘论的深渊中拯救出来，让它重新指向恰当的对象——人类。

正是在这个意义上，也正是本着这样的意图，我把《源泉》一书里戏剧化的人生观念确定为"对人的崇拜"。[1 vii]

出于同样的理由，安·兰德为这本书目前的标题选择了"颂歌"这一美学道德概念。通过这一行为，她对神秘论发起了战争，而没有对其投降。她要求对人及他的自我表达"神圣的"敬意，而这敬意实际上不应来自上天，而应来自地球上的生命。一曲"献给自我的颂歌"是对敬神者的亵渎，因为它暗示着对

---

[1] 据重庆出版社2013年版高晓晴、赵雅蕾、杨玉所译《源泉》，并对其中表达不够确切之处做了改动。——译注

人，以及最重要的，对他心底那个根本的、固有的、自私的东西的崇敬，而非对神的崇敬。正是这个东西使他能够应对现实并且幸存于世。

在人类历史上曾经有过很多自我主义者，也有过很多崇拜者。自我主义者通常都是愤世嫉俗的"现实主义者"(就像霍布斯[1])，并且他们鄙视道德；而崇拜者，用他们自己的话说，则超然世外。他们之间的冲突便是事实与价值二分法[2]的一个实例，许多个世纪以来一直困扰着西方哲学。这一冲突令事实似乎毫无意义，也令价值失去了基础。安·兰德的"献给自我的颂歌"这个概念否定了这一恶毒的二分法。她的客观主义哲学将事实与价值融为一体——在《颂歌》这个例子中，则是将人的真正本性与对其崇高而世俗的赞美融为了一体。

《颂歌》的体裁是由它的主题决定的。作为一首颂歌，或者说赞美诗，这部小说无论在形式上还是风

---

[1] Hobbes, 托马斯·霍布斯 (1588—1679)，英国政治家、哲学家，创立了机械唯物主义的完整体系。——译注

[2] the fact-value dichotomy, 源于休谟的对于事实判断和价值判断的二分。——译注

格上都不是典型的安·兰德作品(尽管它的内容非常典型)。正如兰德女士曾经说过的那样,《颂歌》有故事,但是没有情节,比如,没有通过事件的逐步进展来不可阻挡地引出行动的高潮和问题的最终解决。《颂歌》一书中最接近高潮的事件是男主人公对"我"这个词的发现。但这一情节并非一个关乎存亡的行动,而是内心的活动,是一个认知的过程——此外,它还有些偶然(并非全部由此前的故事情节所推动)。[viii]

同样,《颂歌》也没有使用安·兰德的典型艺术手法,即她口中的"浪漫现实主义"。与她的其他小说相比,这部作品没有现实的、当代的故事背景,也相对很少尝试再现感觉上的、对话上的,或者心理上的细节;故事设定在一个遥远而又原始的未来社会,用词非常简单,很像《圣经》的写法,这样的行文比较适合这样的一个时代与世界。安·兰德曾对塞西尔·B·德米勒[1]描述说,这本书是一个"戏剧化的幻想故

---

[1] Cecil B. De Mille(1881—1959),百老汇及好莱坞著名导演与制作人,代表作有电影《十诫》的1923年版及1956年版。——译注

事"。[ix] 在回答罗斯·怀尔德·莱茵[1]的一个问题时,她正式将这本书归类为一首"诗"。[x]

对于这本书在其他媒体上的改编版本,她持有同样的观点。1946年,她写信给华特·迪士尼[2],信中提到,如果这本书有可能被搬上大屏幕,"我希望它能以非写实的动画形式呈现,而不是由真人来演"。[xi]

后来,我记得是在20世纪60年代中期,鲁道夫·纽瑞耶夫[3]向她发来请求,想根据《颂歌》创作一出芭蕾舞剧。通常安·兰德都会拒绝这类请求。不过由于《颂歌》一书的特殊性质(同时也由于对纽瑞耶夫的舞蹈的赞赏),她满腔热情地支持纽瑞耶夫的想法。(遗憾的是,无论是电影还是芭蕾舞剧,最终都没有实现。)

关键在于,虽然动画片或者芭蕾舞剧的确可以呈现一个幻想故事,但无法呈现苏俄或洛克的斗争[4]或思想者的罢工[5]。

---

1 Rose Wilder Lane(1886—1968),美国记者、旅行作家、小说家及政治家。与安·兰德同被称为美国自由主义运动的创始人。——译注

2 Walt Disney(1901—1966),美国著名动画大师、导演、企业家,迪士尼公司的创始人。

3 Rudolf Nureyev(1938—1993),俄罗斯芭蕾舞蹈家,被视为20世纪60年代到70年代最伟大的芭蕾舞男演员。

4 见安·兰德所著《源泉》。

5 见安·兰德所著《阿特拉斯耸耸肩》。

《颂歌》起初的构思是一部剧作。那是在20世纪20年代初期(或者也许更早一点)。当时，安·兰德还是生活在苏俄的一个少年。大约四十年之后，她与一个采访者讨论了这部作品的形成过程：

它本来会是一部关于未来的一个集体主义社会的剧作。在那个社会里，人们丢失了"我"这个词。他们彼此称呼为"我们"，这个设想构成了故事的主体。剧里有很多人物。我想，它应该分成四幕。我所记得的关于这部剧作的一个情节是，里面的人物都难以忍受社会。有时，某个人会在某次集体会议中间尖叫并发疯。关于这个情节，留下的唯一痕迹是那个在夜里尖叫的人。[xii]

这部剧作并非专门反对苏联的：

我并不是在对我的背景进行报复。因为若是这样，我应该将故事背景设置在苏联或者影射苏联。我想把那样的世界彻底抹除，我的意思是，我不会想要在我的故事里写到苏联或者与它有任何关系。当时我对苏联的感觉，仅仅是从我的童年时期，从十月革命以前延续下来的一种被激化的感觉。我觉得这个国家太神秘、太堕落、太腐化了。我觉得人必须离开这里，找到文明的世界。[xiii]

1926 年，二十一岁的安·兰德离开苏联来到美国。但是，直到读了《星期六晚邮报》(The Saturday Evening Post) 上一个发生在未来的故事，她才有了写《颂歌》的想法：

它没有什么特别的主题，只是描述了某种战争摧毁了文明这一事实，在纽约的废墟中，最后一个幸存者开始重建。没有什么特别的情节。它只是一个冒险故事，但让我感兴趣的是，这是我第一次看到一个幻想故事被印到了纸上——而不是那种身边事类型的连载小说。他们会刊登这样一个故事，这一事实令我印象尤为深刻。因此我想，如果他们不介意幻想，那我愿意尝试一下《颂歌》。

那个时候，我正在致力于构建《源泉》的情节，这是我所有的努力当中最为难熬的部分。除了坐下来思考，我别无事情可做，这令人苦不堪言。我在进行建筑学方面的研究，但还不能着手去写。我必须偶尔抽出时间去写点其他东西。因

此，1937年夏天，我写了《颂歌》。[xiv]

接下来，便是为它的出版而进行的一段长期的斗争——不是在英国，它在英国立即就出版了；斗争是在美国进行的：

起初，我计划把《颂歌》写成一个杂志故事或者连载小说……但我想，当时是我的代理说，它不应该写给杂志，她很可能是对的。或者可能她试过，但没有成功。她告诉我说，它应该作为一本书被出版，我完全没有这样想过。她把它同时提交给了美国出版商麦克米伦 (Macmillan) 和英国出版商卡斯尔 (Cassell)。麦克米伦曾经出版过我的《我们活着的人》(We The Living)，当时版权还在他们手里。卡斯尔立刻接受了这本书。他们的老板说，他不确定这本书是否能卖，但它很美，他从文学角度欣赏它，愿意出版。而麦克米伦则拒绝了这本书。[xv]

此后的八年里，《颂歌》在美国一无所成。之后，在1945年，洛杉矶一个出版非虚构文章的小型右倾机构小册子出版者(Pamphleteers)的伦纳德·里德判定,《颂歌》应该被美国读者看到。1946年,里德将它作为一本小册子出版了。1953年,另外一家读者寥寥无几的右倾出版社卡克斯顿(Caxton)出版了它的精装版。最后,在1961年,这本书写作完成的四分之一个世纪之后,新美国图书馆出版社(New American Library)终于发行了它的大众平装版。

通过这样漫长而痛苦的一步一步,这个个人主义的国家终于获许去发现安·兰德这本个人主义的小说。迄今为止,《颂歌》的销量已达近二百五十万册。

为了它的第一个美国版,安·兰德重写了这本书。"为了此次出版,我对(这个故事)进行了编辑,"她在1946年版的前言中写道,"但尽量保持了它本来的风格……没有添加或删除任何理念或事件……这个故事保持了它的原样。我提升了它的面孔,而非它的脊梁或精神;这两者本来便无须提升。"[xvi]

直到年近四十,已经精通英语并完成了《源泉》的写作,安·兰德仍然没有彻底满意于自己对风格的控制。其中的一个问题,是她的早期作品存在某种程度上的过度描述;有一次她告诉我,当某个观点(或某种情感)已经充分客观地表达过之后，她有时却还是不太确定。到了1943年之后，她无论在艺术上还是英语上都已成为胸有成竹的专业人士，于是重新拾起了《颂歌》，其后又拾起了《我们活着的人》。凭借如今成熟的学识，她开始修订这两部作品。

多年后她说，在编辑《颂歌》时，她主要关注的是：

> 精确、明晰、简洁，并且消灭一切社论式的，或略显华而不实的形容词。你知道，尝试使用那种半古体的风格非常困难。有些段落太夸张了。实际上，在某些地方我为了风格而牺牲了内容，纯粹是因为我不知道该怎么表达。当我完成《源泉》之后在修改这本书的时候，我已经能够完全控制我的风格，也知道该如何通过简单并直接的方式获得同样的效果，而不必与《圣经》太过相像。[xvii]

有些人想知道，在他们自己的作品中，该如何实现"精确、明晰、简洁"——除了这些，我还得加上"美"，因声与义的完美结合而产生的美。

在努力思考的那段岁月里，关于自己的艺术，安·兰德学到了很多。当然，关于其他的更多方面，她同样学到了很多，其中包括如何应用她的哲学。但是从本质上来说，作为一个人，她是不可改变的。在苏联想象《颂歌》的那个孩子，与近三十年后对它进行编辑的那个女人有着同样的灵魂——而又过了三十五年之后，她仍然为它而感到骄傲。

1936年，也就是写作《颂歌》的前一年，她勉为其难地为《我们活着的人》这本书填写了一份宣传表格。在这份表格里，可以为她的这种不变性找到一个小小的例证。这份表格要求作者们阐述自己的哲学观。时年三十一岁的她这样开始了她的回答："让我的人生成为它自身的理由。一直到两百岁，我都知道自己要什么，知道生活的目标并加以追寻。我崇拜个人，是因为他们作为个人的最高可能性；我厌恶人类，是因为他们没能实现这些可能……[xviii]

当我偶然发现早在1936年（甚至更早一些时候）安·兰德便已列举出的这些特征时，我不禁想到了洛克的朋友奥斯顿·海勒[1]对洛克所做的一番评价[2]：

---

[1] 原文为 Austen Heller，参考重庆出版社2013年版高晓晴、赵雅蕾、杨玉译作《源泉》中译为奥斯顿·海勒，但这番话在该书中实际为斯蒂文·马勒瑞所说。——译注

[2] 见安·兰德所著《源泉》。

我经常想，他是我们之中唯一获得永生的人。我指的不是他的声誉，也不是说他永远都不会死。而是他正在永生。我觉得，他是永生这个概念的真正含义。你知道，人们都渴望永生，但是他们正和生活过的每一天一起死亡……他们改变，他们否认，他们反驳——而他们把这叫作成长。最终，没有任何东西被留下来，没有任何东西不被逆转、不被背叛；就好像从来都没有过实体，只有一连串形容词在一团不成形的东西中忽隐忽现。他们连片刻都没有拥有过，又怎么能期望得到永生呢？但是霍华德——你可以想象他永远存在。[1][xix]

你同样可以如此去想象安·兰德。就上述的意义而言，她本人同样永垂不朽，并已青史留名。因此，我期望她的作品可以与世长存。或许当另一个黑暗时代[2]可能或真的来临的时候，它们甚至都可以虎口余生，就像亚里士多德的逻辑学著作一样。

---

[1] 据重庆出版社2013年版高晓晴、赵雅蕾、杨玉所译《源泉》，并对其中表达不够贴切之处做了改动。——译注

[2] Dark Ages，18世纪开始，随着罗马帝国的衰落，西欧进入一个所谓黑暗时代，只有少数的历史文献流传下来。

无论如何,《颂歌》活了下来。此时此刻,我非常高兴能有机会为它在美国的五十周年纪念版作序。

正在阅读这些文字的你们当中的一些人,将会在这里庆祝它的一百周年。作为一个无神论者,我不能要求你们对未来的岁月"保持信念"。取而代之的是,我要求你们:坚持理性。

或者用《颂歌》的风格来表述:爱你的自我,如爱你自己。因为这就是了。

——伦纳德·佩科夫[1]

加利福尼亚州欧文市

1994年1月

---

[1] Leonard Peikoff,出生于1933年,加拿大裔美国人,作家、哲学家。他被安·兰德指定为其遗产的继承人,后成立了安·兰德学会。——译注

i	给理查德·德米勒的信,1946年11月。
ii	《兰登书屋英语词典》,校园版,1968年。
iii	给洛林·普鲁提的信,1946年9月。
iv	给理查德·德米勒的信,1946年11月。
v	给洛林·普鲁提的信,1946年9月。
vi	《兰登书屋英语词典》,校园版,1968年。
vii	兰德女士为《源泉》二十五周年纪念版(平装版第9页)所作的序言。
viii	私人通信。
ix	给塞西尔·B·德米勒的信,1946年9月。
x	给罗斯·怀尔德·莱茵的信,1946年7月。
xi	给华特·迪士尼的信,1946年9月。
xii	传记式面谈的记录,1960—1961年。
xiii	同上。
xiv	同上。
xv	同上。
xvi	《颂歌》1946年版前言,第5页。
xvii	传记采访的记录,1960—196年。
xviii	《偷拍安·兰德》,1936年6月。
xix	《源泉》,平装版第453页。

ANTHEM

一个人

ONE

1

写下这个是一种罪过。思考别人都不思考的词语，并把它们写在别人看不到的纸上，是一种罪过。这既低劣又邪恶。这仿佛是一个人在讲话，除了我们自己的耳朵，没有别人倾听。而我们深深知道，一个人行动或一个人思考是最为严重的违规。我们已经触犯了法律。法律说，除非"职业委员会"吩咐，否则人们便不能去写。愿我们得到宽宥！

但是，这并非我们唯一的罪过。我们犯下了更大的罪，而这罪行还没有名字。一旦被人发觉，不知等待我们的将是什么样的惩罚，因为在人们的记忆当中从未发生如此这般的罪行，从而也没有适用于它的法律。

这里一片幽暗。蜡烛的火焰在空气中凝滞不动。除了我们在纸上的手，这条隧道里没有任何东西移动。我们单独待在地底下。一个人，这个词真是可怕。法律说，任何人、任何时候都不准一个人独处，因为这是最为严重的违规，也是一切邪恶的根源。不过，我们已经触犯了很多条法律。此时此刻，除了我们的身体，这里空无一物。只有两条腿在地上伸展，只有我们一个头的影子映在面前的墙上，看到这些实在奇怪。

四面墙壁都布满裂痕，上面无声地淌过细细的水流，暗黑如血，泛着光亮。蜡烛是我们从"清道夫之家"的食品储藏室里偷来的。一旦有人发觉，我们将被判处在"改造拘留宫殿"里关上十年。不过这并不重要。重要的是光很宝贵，当我们需要借助它来完成作为我们罪行的那项工作时，就不应该把它浪费在写字上。除了这项工作——我们的秘密，我们的邪恶，我们宝贵的工作，什么都不重要。然而，尽管如此，我们还是必须要写，因为——愿委员会怜悯我们！——我们希望能讲出来一次，哪怕除了我们自己的耳朵，再无他人倾听。

　　我们的名字是"平等7—2521"。所有人的左手腕上都戴着一只铁镯，上面写着他们的名字，而我们这只上面写的就是"平等7—2521"。我们今年二十一岁，身高有六英尺，这是一个负担，因为这里没多少人有六英尺高。教师们和领袖们曾经指着我们，皱起眉头说："'平等7—2521'，你们的骨头里带着邪恶，因为你们的身体长得超过了你们兄弟的身体。"可是我们改变不了我们的骨头，也改变不了我们的身体。

　　我们出生时受到了诅咒。这诅咒总是让我们产生一些禁止去想的想法，并且一直给我们一些人类不该去希望的希望。我们知道我们是邪恶的，但我们没有意志也没有能力去抵抗。我们知道我们是邪恶的，而且我们没有抵抗，这件事既让我们惊讶，也让我们偷偷地恐惧。

我们努力让自己跟我们的兄弟相像，因为所有人都必须彼此相像。在"世界委员会宫殿"入口上方的大理石上刻着一些话，一旦我们受到了诱惑，便会反复地对自己说：

我们是一个整体，我们合而为一。没有人类，只有伟大的"我们"，唯一，永久，不可分割。

我们反复地对自己说着这些话，但是它对我们毫无帮助。

这些话是很久之前刻上去的。字母的凹槽里和大理石的黄色条纹中都长满了绿色的霉菌，年代久远得已经无法历数。这些话是真理，因为它们写在"世界委员会宫殿"上，而"世界委员会"是代表所有真理的团体。从"伟大的复兴"之后，这些话便一直刻在那里。事实上，它们的历史可以追溯到比那更为久远的、没人记得的时代。

然而，我们永远不能提及"伟大的复兴"之前的那些时代，否则我们将被判处在"改造拘留宫殿"里关上三年。只有"无用者之家"的"老人们"会在夜里悄声谈论那些日子。他们悄声说着许多奇怪的事情："不能提及的时代"里那高耸入云的大楼，没有马也能动的马车，以及没有火焰的光，但是那些时代都是邪恶的。当人们懂得了一个"伟大的真理"，那些时代便过去了。这个真理便是：所有人都是一个整体，除了全体的意志，没有其他意志。所有人都善良而智慧。只有我们，"平等7—2521"，只有我们一个人带着诅咒出生，因为我们不像我们的兄弟。回首我们的一生，我们发现诅咒一直伴随着我们，并且将我们一步步地带向了最终的、最大的违规，也就是藏在地底下的这一罪行。

我们记得"婴幼儿之家"。跟这座城市里所有同年出生的孩子们一起，我们在那里生活到五岁。那里的睡眠大厅洁白干净，除了一百张床以外空无一物。那时的我们与我们所有的兄弟完全一样，却犯下了一样罪行：我们和我们的兄弟打架。无论什么年龄，无论什么理由，几乎没有比跟兄弟打架更为严重的过错。"婴幼儿之家委员会"是这么告诉我们的。而在那一年的所有孩子当中，我们被锁进地下室的次数最多。

五岁那年，我们被送到了"学生之家"。那里有十间病房，我们要在那里学习十年。人类得一直学习到十五岁，然后才开始工作。在"学生之家"，当塔楼里的大钟敲响时，我们便从床上起来，等它再次敲响时，我们便上床睡觉。脱掉衣服之前，我们站在巨大的睡眠大厅里，举起我们的右臂，与前方的三名教师一起说：

"我们无足轻重。人类方为一切。因我们兄弟的恩惠，我们才得以生活。我们通过、依赖、为了我们的兄弟而存在，他们就是国家。阿门！"

然后我们睡觉。睡眠大厅洁白干净，除了一百张床以外空无一物。

我们，"平等7—2521"，在"学生之家"的那些年里并不开心。不是因为学习对于我们来说太难，而是因为它太容易。生来便拥有过于机敏的头脑，这是一种极大的罪过。跟我们的兄弟不一样，这的确不算是善，而胜过他们，则变成了恶。教师们是这么告诉我们的。每次看到我们，他们都会皱起眉头。

因此，我们与我们的诅咒作战。我们试图忘掉学过的课程，却始终牢记于心。我们试图不去理解教师们教授的内容，但总是他们还没开口，我们便已经懂了。我们看着"联合5—3992"，一个只有一半大脑的苍白男孩。我们试图像他们一样说和做，这样我们也许就会像他们，像"联合5—3992"。但是不知为何，教师们知道我们并不像他们。而在所有的孩子当中，我们被鞭打得最为频繁。

教师们是公正的，因为是委员会任命了他们，而委员会代表着所有公正的声音，因为它们代表着所有人的声音。如果说，有时在心底秘密的黑暗当中，我们会为十五岁生日那天发生在我们身上的事情感到遗憾，那么我们知道，那是由于我们自己的罪行。因为没有留意教师们的话，我们触犯了一条法律。教师们曾经对我们所有人说过：

"不要胆大妄为地在你们的头脑里选择离开'学生之家'以后你们想做的工作。'职业委员会'规定你们做什么，你们就得做什么。凭借它伟大的智慧，'职业委员会'知道你们的兄弟在什么地方需要你们，你们那毫无价值的小头脑完全想不到这些。如果你们的兄弟不需要你们，那你们就没有理由用你们的身体给地球造成负担。"

我们从童年开始就非常了解这一点,但是我们的诅咒破坏了我们的意志。我们是有罪的,并且我们在这里坦承:我们犯了偏心的罪。比起其他的工作和课程,我们更喜欢某些工作和某些课程。我们没好好听讲"伟大的复兴"之后当选的所有委员会的历史,但是我们热爱"事物的科学"。我们希望去了解。我们希望去了解构成我们身边这个地球的万事万物。我们的问题问得太多,以致教师们禁止我们再次开口。

我们认为,天空中,水底下,生长中的植物里,都存在着奥秘。但是"学者委员会"说过那里没有奥秘,"学者委员会"知道所有的事情。我们从教师们那里学到了很多东西。我们学到了地球是平的,太阳绕着地球旋转,从而有了日夜。我们学到了所有风的名字,它们从海上吹过,推动我们的大船航行。我们学到了如何给人类放血,以治疗他们所有的小病小痛。

我们热爱"事物的科学"。在黑暗中,在秘密的时刻里,当我们在夜晚醒来,身边没有其他兄弟,只有他们在床上的身影和鼾声时,我们闭上我们的眼睛,紧锁我们的双唇，屏住我们的呼吸，这样便不会被我们的兄弟看见、听见或猜到我们的任何动静。我们想，一旦时机来临，我们希望被送到"学者之家"。

当代所有的伟大发明都来自"学者之家"，比如最新的这个：如何用蜡和细绳制造蜡烛，一百年前便被我们发现了；还有，如何制造可以安在窗户上挡风遮雨的玻璃。要发现这些东西，学者们必须研究地球，了解河流、砂砾、风和岩石。如果我们去了"学者之家"，那我们就也可以研究这些东西了。我们可以询问关于这些东西的问题，因为他们不禁止问问题。

问题让我们不得安宁。我们不知道我们的诅咒为何让我们永无止境地追寻未知的事物，但是我们无法抵抗。我们的诅咒悄声告诉我们，这个地球上存在着很多伟大的事物，如果去尝试，我们便能了解它们，而我们必须了解它们。我们问，为什么我们必须了解，可它没有给我们答案。我们必须了解我们可以了解的事物。

因此我们希望被送到"学者之家"。我们的愿望是那么强烈，以致我们的双手会在夜晚的毯子底下颤抖。我们咬着胳膊，想止住我们无法承受的另一种疼痛。它是邪恶的，所以到了早上，我们不敢面对我们的兄弟，因为人类不能为了自己而有所希望。而当"职业委员会"来给我们发放人生指令时，我们受到了惩罚。

人生指令会告诉年满十五岁的那些人，在接下来的人生里，他们的工作将是什么。春季的第一天，"职业委员会"的成员们来了，坐在了大礼堂里。我们当中年满十五岁的和所有的教师都去了大礼堂。"职业委员会"的成员们坐在一个高高的讲台上，对每个学生都只说了两个词。他们先是喊出学生们的名字，当学生们一个接一个地走到他们的面前时，他们又会说"木匠"或者"医生"或者"厨师"或者"领袖"。然后每个学生都会举起他们的右臂，说："我们兄弟的意志得到了践行。"

如果委员会成员说了"木匠"或者"厨师"，被分配到的学生们便开始工作，从此不再学习。但是如果委员会说了"领袖"，那些学生就会进入"领袖之家"。那是这座城市里最大的房子，因为它有三层。他们会在那里学习很多年，然后便可以成为"市委员会""州委员会"和"世界委员会"的候选人——由所有人自由投票选举。不过，尽管那是一个极大的荣誉，可我们不希望成为领袖。我们希望成为学者。

于是，我们在大礼堂里等着轮到我们。不久，我们听到"职业委员会"成员在喊我们的名字："'平等7—2521'！"我们朝讲台走去，我们的双腿没有颤抖，我们抬头看向委员会。委员会里有五位成员，其中三位是男性，两位是女性。他们的头发已经白了，脸上的皱纹纵横交错，就像干涸河床上的黏土。他们老了。看上去，他们比"世界委员会宫殿"的大理石还要老。他们坐在我们面前，纹丝不动。我们都看不到有呼吸的气流拂动他们白色长袍的褶皱。但我们知道他们活着，因为其中最为年长的那个伸出一根手指指向了我们，接着又放了下去。这是唯一移动的物体，因为他们说话的时候甚至连嘴唇都没有动。他们说："清道夫。"

当我们把头仰得更高，看向委员会成员们的面孔时，我们感觉脖子上的绳索勒紧了，而且我们很开心。我们知道我们一直是有罪的，但是如今我们有了赎罪的办法。我们会欣然而乐意地接受我们的人生指令，我们会欣然而乐意地为我们的兄弟工作，我们会消除我们的罪过，虽然他们不知道，但是我们知道。所以我们很开心，我们为我

们自己,为我们战胜了自己而骄傲。我们举起我们的右臂开了口,我们的嗓音清晰无比,在那天的礼堂里是最为沉着的。我们说:

"我们兄弟的意志得到了践行。"

然后我们直视着委员会成员们的眼睛,但是他们的眼睛就像冰冷的蓝色玻璃纽扣。

于是我们去了"清道夫之家"。那是一栋灰色的房子,坐落在一条狭窄的街道上。庭院里有一个日晷,"清道夫之家委员会"靠它来判断时间,判断什么时候该敲钟。钟敲响时,我们便从床上起来。从我们朝东的窗子望出去,天空碧绿而寒冷。我们穿好衣服,然后去餐厅吃饭。餐厅里有五张长桌,每张上面放着二十个黏土盘子跟二十个黏土杯子。当我们吃完饭时,日晷上的影子显示从起床到现在已经过去了半个小时。然后我们便拿着扫帚和耙子,去这座城市的街道上工作。五个小时之后,太阳爬到了头顶,我们又回到"清道夫之家",开始吃午餐。午餐允许吃半小时。然后我们又去工作。五个小时之后,路面覆盖上了蓝色的阴影,湛蓝的天空发着幽深的光,却并不明亮。我们又回来吃晚餐,吃了一个小时。然后钟声响起,我们排成一条直线，去一个大礼堂参加"社交聚会"。从各种各样的行业之家来了另外一些队伍。蜡烛点上了，不同行业之家的委员会成员们站在一个布道坛上，向我们宣布我们以及我们兄弟的职责。之后客座领袖登上布道坛，给我们读了当天在"市委员会"做过的演说，因为"市委员会"代表着所有的人类及所有人类必须知道的东西。接着我们唱赞美诗，关于兄弟情谊的赞美诗，关于平等的赞美诗，还有关于集体主义精神的赞美诗。当我们返回"清道夫之家"时，天空变成了湿答答的紫色。然后钟声又响了起来，我们排成一条直线，去市剧院参加长达三个小时的社交娱乐。舞台上正在演一出戏，是由来自"演员之家"的两支伟大的合唱队出演的。他们一起开口，一起回答，就好像是两个人在用巨大的声音讲话。所有的戏讲的都是关于辛苦劳作的故事，以及辛苦劳作是多么好的一件事情。然后我们又排成一条直线返回"清道夫之家"。天空就像一个黑色的筛子，被颤抖着的银色雨滴刺穿，随时有彻底破掉的可能。飞蛾拍打着街上的灯笼。我们上了床，一直睡到钟再次敲响。睡眠大厅洁白干净，除了一百张床以外空无一物。

我们就这样日复一日地度过了四年，直到两个春天之前开始我们的罪行。所有人都得这样一直活到四十岁。到了四十岁，他们便油尽灯枯。到了四十岁，他们会被送到给"老人们"住的"无用者之家"。"老人们"不工作，因为国家会赡养他们。夏天，他们坐在太阳底下；到了冬天，他们则坐在火炉旁边。他们不常说话，因为他们已经筋疲力尽。"老人们"知道，他们很快就要死了。不过，偶尔会发生这样的奇迹：某些人能活到四十五岁，这时，他们就成了"古人们"，成了路过"无用者之家"的孩子们窥探的目标。这便将是我们的人生，我们的兄弟，我们之前的那些兄弟，他们的人生莫不如此。

如果我们没有犯下那改变了一切的罪行，这本来将是我们的人生。是我们的诅咒促使我们犯下了那个罪行。我们曾经是个好清道夫，和我们的清道夫兄弟没什么不同，只是因为受到了诅咒而始终想要去了解。我们看向夜空中的星星，看向树，看向大地，看得太久太久。打扫"学者之家"的院子时，我们把他们扔掉的玻璃瓶、金属块和干燥的骨头收集了起来。我们希望能留着这些东西进行研究，可我们没有地方藏它们。所以，我们带着它们去了市化粪池。然后，我们发现了它。

那是上上个春天里的一天。我们做清道夫工作的时候三人一组。那天，我们是跟只有一半大脑的"联合5—3992"以及"国际4—8818"在一起。"联合5—3992"是个病怏怏的小伙子，有时会痉挛发作，口吐白沫，两眼翻白。而"国际4—8818"就不一样了。他们是一个高大而强壮的年轻人，含着笑的双眼就像两只萤火虫。我们看向"国际4—8818"时，不能不以微笑来回应。正因如此，他们在"学生之家"时才不招人喜欢，因为无缘无故地微笑是不合适的。他们之所以不招人喜欢，还因为他们拿煤块在墙上画画。那些画都是让人看了发笑的，但是只有我们在"美术家之家"的那些兄弟才允许画画。所以，跟我们一样，"国际4—8818"也被送到了"清道夫之家"。

"国际4—8818"和我们是朋友。这件事是邪恶的，不能讲出来，因为在所有人当中更爱某一个是一种违规，是犯了偏心的大罪。我们应该爱所有的人，所有人都是我们的朋友。所以，"国际4—8818"和我们都从来没有提过此事，但是我们知道。当我们看向彼此的眼睛时，我们知道。而当我们一言不发地彼此这样看着时，我们还知道其他的一些事情。正是因为这些奇怪的事情，我们此刻才一言不发，这些事情让我们惊恐不已。

就是这样，在上上个春天里的那一天，"联合5—3992"在市剧院附近的城市边缘痉挛发作了。我们把他们留在剧院帐篷的阴影里躺着，自己则跟"国际4—8818"去完成我们的工作。我们一起来到了剧院后面的那座大峡谷旁边。峡谷里空空荡荡，只有树木和野草。峡谷的另一边是一片平原，平原尽头便是那座不许人类去想的"未在地图上标出的森林"。

我们正在捡被风从剧院里吹出来的纸张和破布时，看到野草中有一根铁条。它已经有了些年头，被雨水浸泡得锈迹斑斑。我们使出浑身力气，却不能将它移动分毫。于是我们喊来"国际4—8818"，一起把铁条上的土刮掉。突然之间，我们身前的地面陷了下去，只见一个老旧的铁格栅栏覆在一个黑暗的洞口上。

"国际4—8818"向后退去，但是我们抓住栅栏用力拉，栅栏让步了。然后，我们看见一个个铁环像台阶一样在一个竖井里向下延伸，通往深不见底的黑暗。

"我们得下去。"我们对"国际4—8818"说。

"这是被禁止的。"他们回答。

我们说:"委员会不知道这个洞的存在,所以这不能被禁止。"

他们回答:"正是因为委员会不知道这个洞的存在,所以不可能有法律允许进这个洞。未经法律允许的一切事情都是被禁止的。"

可是我们说:"就算是这样,我们也得去。"

他们非常害怕,但还是站到一边,看着我们下去了。我们用手脚紧紧抓住铁环。我们看不见下面的任何东西。而在我们头顶,开向天空的洞口正变得越来越小,最后就像一颗纽扣那么大,但是我们仍旧在往下爬。之后,我们的双脚碰到了地面。我们揉揉眼睛,因为什么都看不见。等我们的双眼逐渐适应了这里的黑暗之后,我们简直不敢相信自己所看到的。

这个地方不可能是我们认识的任何人修建的,也不可能是我们之前的那些兄弟认识的任何人修建的,然而它的确是由人类所修建的。这是一条巨大的隧道。它的墙壁摸上去坚硬光滑,像石头,又不是石头。地面上有一些又长又窄的轨道,像铁,又不是铁,摸起来跟玻璃一样光滑而冰冷。我们跪了下来,我们向前爬去,我们的手摸索着线一样的铁轨,想知道它通向何处。然而前方是无穷无尽的黑夜,只有铁轨直穿而过,在黑暗中泛着白光,呼唤着我们跟随。但是我们不能跟随,因为我们就快看不见身后的那团光了。于是我们转过头来,手抚着铁轨爬了回去。我们的心无缘无故地狂跳不已,连指尖都感觉到了它的跳动。然后,我们知道了。

我们突然知道了这个地方是"不能提及的时代"留下来的。所以它是真实的,那些时代也是真实的,那些时代里所有的那些奇迹也是真实的。成千上万年以前,人类知道我们如今已经遗失的那些秘密。我们想道:"这是一个肮脏的地方。谁碰了'不能提及的时代'的东西,就注定要遭天谴。"可是,在我们往前爬时,我们摸着轨道的那只手却紧抓着铁轨不放,仿佛永远都不会再松开,仿佛我们手上的肌肤正无比饥渴,乞求那金属施舍一些在它的冰冷中跃动的秘密液体。

我们回到了地面上。"国际4—8818"看着我们,向后退了一步。

"'平等7—2521',"他们说,"你们的脸好白。"但是我们说不出话来，只是站在那里看着他们。

他们向后退去，好像不敢触碰我们一样。然后他们露出了微笑，不过不是一个灿烂的微笑，而是充满了迷惘与恳求。可我们还是说不出话来。然后他们说道：

"我们得把我们的发现报告给'市委员会'，这样我们都能得到奖赏。"

这时我们开口了。我们的声音冷酷无情，不带一丝怜悯。我们说：

"我们不能把我们的发现向'市委员会'报告。我们不能向任何人报告。"

他们把双手举到耳边，因为他们从没听过这样的话。

"'国际4—8818'，"我们问道，"你们会把我们报告给'市委员会'，然后眼看着我们被鞭子抽死吗？"

他们突然站直了身子，回答道："那还不如让我们去死。"

"那么，"我们说，"保持沉默。这个地方是我们的。这个地方属于我们，'平等7—2521'，而不是地球上的其他任何人。如果什么时候我们把它交出去了，和它一起交出去的将是我们的生命。"

然后我们看见"国际4—8818"已经泪盈眼眶,但他们不敢让眼泪落下。他们用颤抖的嗓音低声开了口,语句支离破碎:

"委员会的意志高于一切,因为它是我们兄弟的意志,是神圣的。但若是你们希望如此,我们就听你们的。与其跟我们所有的兄弟一起善,不如跟你们一起恶。愿委员会怜悯我们的心!"

随后我们便一起离开了,回到了"清道夫之家"。一路上,我们沉默不语。

接下来的每一个晚上都是这样。当星斗挂满天空之时,清道夫们坐在市剧院里,而我们,"平等7—2521",则偷偷溜出去,穿过黑暗,来到我们的那个地方。离开剧院轻而易举:当蜡烛燃起,演员们来到舞台上时,没有一双眼睛会看向我们。我们从座位底下爬出去,钻出帐篷的帆布。之后在队伍离开剧院时,也可以轻松地偷偷穿过阴影,站到队伍里"国际4—8818"的身旁。街上很黑,四下都没有人,因为如果没有任务要执行的话,就没有人会在城市里游荡。每一个晚上,我们都跑到峡谷那里,挪走堆在铁格栅栏上面的石头。我们之所以把它们堆在那里,是因为不想让别人发现这个地方。每一个晚上，有三个小时，我们都一个人待在地底下。

我们从"清道夫之家"偷了蜡烛，我们还偷了打火石、刀子和纸张，并且我们把这些东西全都带到了这个地方。我们从"学者之家"偷来了玻璃瓶、各种粉末，还有各种酸。现在，我们每天晚上花三个小时在这条隧道里进行研究。我们熔化奇怪的金属，我们混合各种酸，我们剖开在市化粪池找到的那些动物躯体。我们用从街上捡来的砖建了一座炉子。我们点燃在峡谷里找来的木头。火光在炉中闪烁，蓝色的影子在墙壁上舞动，这里没有人类的喧嚣打扰我们。

我们还偷来了一些手稿。这是一宗大罪。手稿非常宝贵，因为"文书之家"的兄弟们要用一年时间才能字迹工整地抄完一份手稿。手稿非常稀有，本来全都被保存在"学者之家"。所以现在，我们坐在地底下，读着偷来的手稿。从我们发现这个地方开始，已经过去了两年。我们在这两年里学到的东西比在"学生之家"的那十年里学到的还要多。

我们学到了手稿里没有提到的一些东西。我们揭开了学者们尚未得知的一些奥秘。我们看到了未经探索的事物有多伟大，几生几世都无法完成我们的追寻。不过，我们并不希望完成我们的追寻。独处、学习，感觉我们的眼界每一天都在进一步开拓，比鹰眼还要锐利，比水晶还要清澈，除了这些，我们别无所求。

恶的形式很是奇怪。在我们的兄弟面前，我们是虚伪的。我们在公然反抗委员会的意志。只有我们，在行走于这个地球上的千万人之中，只有我们一个人在这一刻做着一份没有目标的工作，只是因为我们希望去做。对于人类的头脑来说，我们这一罪行当中的恶是无法探查的。对于人类的心灵来说，一旦被人发觉后会对我们进行惩罚，这一惩罚的本质也无法思索。除了在"古人们"的记忆里，从来没有人做过我们此刻正在做的事情。

然而，我们既不羞愧也不后悔。我们告诉自己，我们是混蛋，是叛徒。可是我们在精神上没有感觉到负担，心里也没有感觉到恐惧。在我们看来，我们的精神清澈得有如一面除了太阳以外无人注视的湖水。而在我们的心里——恶的形式多么奇怪！——在我们的心里，二十年来，我们第一次找到了安宁。

TWO

2

"自由5—3000"……"自由5—3000"……"自由5—3000"……

我们想要写下这个名字。我们想要把它说出来,但是仅止于耳语。因为男人不许注意女人,女人也不许注意男人。然而我们却在想着女人当中的一个,她们的名字是"自由5—3000",除了她们,我们谁都不想。

被分配去干农活的女人们住在城市另一头的"农民之家"。出城之后,有一条大路朝北边蜿蜒而去,我们清道夫要把第一个里程碑之前那段打扫干净。路边有一道树篱,越过树篱便是田野。黑色的田野刚刚犁过,像一把巨大的扇子铺在我们面前。犁沟仿佛被攥在天空那头的某只手里,越是接近我们,便分开得越远,就好像稀稀落落地点缀着绿色亮片的黑色褶皱。女人们在田野里劳作,她们那白色的束腰外衣在风中摆动,就像海鸥拍打着翅膀飞过黑色的土壤。

正是在这里,我们看到"自由5—3000"沿着犁沟走着。她们的身体像刀锋一般挺拔纤细。她们的眼睛黝黑冷酷,闪闪发光,里面没有恐惧,没有善意,也没有内疚。她们的头发像太阳一样金黄,在风中熠熠生辉,狂野地飞舞,仿佛在公然反抗想要约束它的男人们。她们用手撒下种子,好像是在屈尊地抛下一个轻蔑的礼物,而大地就是她们脚下的乞丐。

我们一动不动地站在那里,有生以来第一次,我们意识到了恐惧,然后是疼痛。我们一动不动地站在那里,这样我们就不会把这种疼痛弄洒,因为它比快乐还要宝贵。

然后我们听到其他人在叫她们的名字:"自由5—3000。"她们转过身,走了回去。这样我们便知道了她们的名字。我们站在那里,看着她们走开,直到她们那白色的束腰外衣消失在蓝色的薄雾里。

第二天,到了北边那条路上之后,我们的眼睛便一直盯着田野里的"自由5—3000"。接下来的每一天,我们知道自己都患上了等着去北边那条路的病。每一天,我们都在那里看着"自由5—3000"。我们不知道她们是否也在看着我们,但我们认为她们在看。

然后有一天,她们来到了树篱旁边,突然转身面对我们。她们转得飞快,接着又像被砍了一刀似的停下了身体的动作,就跟开始时一样突然。她们像块石头似的一动不动地站在那里,两眼直视着我们,直视着我们的眼睛。她们的脸上没有微笑,也没有欢迎。她们的脸绷得很紧,双眼黝黑而深邃。接着她们又同样敏捷地转了回去,从我们身边走开了。

但是接下来的那一天,当我们来到那条路上时,她们微笑了。她们是在对着我们微笑,为了我们微笑。我们也用微笑作为回答。她们的头向后仰,两臂下垂,就好像她们的手臂和白皙纤细的脖颈突然受到疲乏的侵袭。她们不再看着我们,而是看向天空。然后她们扭过头来瞥了我们一眼,我们感觉好像有一只手碰到了我们的身体,轻柔地从我们的嘴唇滑到了我们的双脚。

之后的每一个早上,我们都用眼神向对方致意。我们不敢说话。除了在社交聚会上进行的小组交流,与其他行业的人说话都是一种违规。不过有一次,我们站在树篱旁边,把一只手举到额前,然后掌心朝下,缓缓地向"自由5—3000"伸去。如果有人看到这一幕,他们什么都猜不出来,因为看上去,我们只不过是在给自己的双眼遮挡阳光。但是"自由5—3000"看到了也明白了。她们也将一只手举到额前,像我们一样动作。就这样,每一天我们都向"自由5—3000"致意,她们也做出回应,而不会被任何人怀疑。

对于这个新的罪过，我们并不吃惊。这是我们第二次犯下偏心的罪。因为我们不像理所应当的那样想着我们所有的兄弟，反而只想其中的一个，她们的名字是"自由5—3000"。我们不知道为什么想着她们。我们不知道为什么在想着她们的时候，我们突然觉得这个世界是好的，而活着并非一种负担。

我们不再把她们当成"自由5—3000"去想了。我们在心里给她们起了一个名字。我们叫她们"金色的人"。不过，给人起能把他们和其他人区分开来的名字是一种罪过。可是，我们就叫她们"金色的人"，因为她们跟其他人不一样。"金色的人"跟其他人不一样。

有一条法律规定，除了在交配时间，男人不应该想着女人。我们对这条法律毫不理会。交配时间是在每年的春天，所有超过二十岁的男人和所有超过十八岁的女人都要被送到"交配宫殿"过上一夜。"优生委员会"给每个男人分配一个女人。到了冬天，孩子们降生了。可是女人们从没见过她们的孩子，孩子们也从不认识他们的父母。我们曾经被送到过"交配宫殿"两次，但是那件事既丑陋又可耻，我们不愿意去想。

我们已经触犯了这么多法律，而今天，我们又触犯了一条。今天，我们跟"金色的人"说了话。

当我们在路边的树篱前停下来的时候，其他的女人都在远处的田野里，而"金色的人"正独自跪在流经田野的沟渠旁。她们把水捧到唇边，水滴从她们的手中落下，就好像太阳里面的火花。然后"金色的人"看见了我们，她们没有动作，仍旧跪在那里看着我们。太阳照在沟渠里的水上，映出的光圈投射在她们白色的束腰外衣上。她们的手举在空中，仿佛冻结了一样，一颗闪闪发光的水珠从她们的指尖落下。

然后"金色的人"站了起来，走到树篱旁边，就好像听到了我们眼里发出的命令。我们这一组的另外两个清道夫在百步开外。而且我们觉得"国际4—8818"不会出卖我们，"联合5—3992"也不会明白。于是，我们直视着"金色的人"。我们看见她们睫毛的影子映在她们白皙的脸颊上，她们的唇上闪耀着太阳的火花。我们说：

"你们真美，'自由5—3000'。"

她们的脸没有动，视线也没有转移。只是她们的眼睛睁得更大，里面流露出胜利。不是战胜了我们，而是战胜了我们无法猜出来的一些东西。

然后她们问：

"你们叫什么名字？"

"'平等7—2521'。"我们回答。

"你们不是我们的兄弟，'平等7—2521'，因为我们不希望你们是。"

我们无法说出她们是什么意思，因为没有语言能够表达她们的意思，但是无须言语我们便可以明白，而且我们当时便明白了。

"不，"我们回答，"你们也不是我们的姐妹。"

"如果是在几十个女人当中看见我们，你们会看我们吗？"

"如果是在全世界的所有女人当中看见你们，我们都会看你们，'自由5—3000'。"

她们接着问道：

"清道夫们会被派到城市的不同地方，还是总在同一个地方工作？"

"他们总是在同一个地方工作。"我们回答道，"没人会把这条路从我们手里夺走。"

"你们的眼睛,"她们说,"和所有人的眼睛都不一样。"突然之间,一个念头攫住了我们,我们毫无理由地感觉通体冰冷。

"你们多大了?"我们问道。

她们明白我们在想什么,因为她们第一次垂下了眼睛。"十七岁。"她们悄声说道。

我们叹了口气,仿佛卸下了一个重担,因为我们刚才无缘无故地想到了"交配宫殿"。我们想,我们不能让"金色的人"被送到"交配宫殿"去。怎么才能阻止这件事?怎么才能忤逆委员会的意志?我们不知道,但我们突然知道我们会这样做。只是我们不知道自己为什么会有这样的想法。因为这些丑陋的事情和我们,和"金色的人",都没有关系。它们能有什么关系呢?

而且,就在我们站在树篱旁边时,我们突然毫无来由地感觉到自己因为仇恨而绷紧了双唇,一种突如其来的、对我们所有兄弟的仇恨。"金色的人"看到了我们的变化,缓缓地露出了微笑。在她们的笑容里,我们第一次看到了她们的忧伤。我们觉得,凭借女人的智慧,"金色的人"比我们了解了更多的事情。

这时,田野里的三个姐妹出现了,她们朝着马路走来,于是"金色的人"便从我们身边走开了。她们拿着种子袋,边走边往地上的犁沟里撒着。但是她们的手抖得太厉害了,种子狂乱地四下飞舞起来。

然而,当我们回到"清道夫之家"时,我们感觉自己无缘无故地想要唱歌。所以我们今晚受到了训斥,因为我们不知不觉地在餐厅里大声唱起了我们从未听过的某首曲子。可是,除非是在社交聚会上,否则无缘无故地唱起歌来是不合适的。

"我们唱歌是因为我们很开心。"我们这样回答"清道夫之家委员会"那个训斥我们的人。

"你们的确很开心,"他们答道,"当人们是在为他们的兄弟而活的时候,除了开心他们还能怎么样呢?"

现在,坐在我们的隧道里,我们对这些话感到疑惑。不开心,这是被禁止的。因为,按我们听到过的解释所说:人类是自由的,地球属于他们;地球上的所有东西属于所有人;所有人共同的意志对所有人来说都是好的;因此所有人都应该开心。

然而，当我们站在夜晚的大厅里，脱掉衣服准备睡觉时，我们抬头看了看我们的兄弟，感到非常惊讶。我们兄弟的头全都垂着，两眼黯淡无光，也从不看其他人的眼睛。他们弓着肩膀，肌肉紧绷，就好像他们的身体正在缩小，想要一直缩小到谁都看不见。当我们抬头看着我们的兄弟时，一个词偷偷地潜进了我们的大脑，那就是：恐惧。

恐惧悬浮在睡眠大厅里的空气中，悬浮在街道上方的空气中。恐惧漫步走过这座城市，没有名字，没有形状。所有人都能感觉到它，但是谁都不敢说出口。

在"清道夫之家"，我们也感觉到了它。不过在这里，在我们的隧道里，它就不复存在了。地底下的空气非常纯净。这里没有人类的气味。在这里的三个小时给了我们力量，让我们可以度过地面之上的那些时光。

当"清道夫之家委员会"用怀疑的眼神看着我们时，我们的身体背叛了我们。我们的身体活着，但没必要为此而过于高兴。因为我们无足轻重，所以无论是生还是死，对我们来说应该都不重要，生死全凭我们兄弟的意志决定。但是我们，"平等7—2521"，很高兴我们能够活着。如果说这是缺点，那我们宁愿没有优点。

不过我们的兄弟跟我们不一样。对我们的兄弟来说，一切并不太好。"友爱2—5503"是个安静的男孩，有着一双聪明善良的眼睛。他们会无缘无故地突然在白天或夜里哭喊，难以解释地啜泣着，身子也跟着颤抖不已。还有"团结9—6347"，一个活泼的年轻人。白天他们并不恐惧，却会在睡梦中发出尖叫。他们尖叫着："救救我们！救救我们！救救我们！"那声音融入夜色，让我们冷到了骨头里。然而，医生们治不好"团结9—6347"。

晚上，我们脱掉衣服，在蜡烛昏暗的光线之中，我们的兄弟沉默不语，因为他们不敢说出自己的心中所想。因为所有人必须赞同所有人，而他们无法得知他们的想法是不是所有人的想法，所以便害怕说话。当夜色深沉、蜡烛终于被吹灭时，他们非常高兴。但是我们，"平等7—2521"，却望着窗外的天空，那里有安宁、洁净和尊严。越过城市是那片平原，而越过平原，在黑暗的天空上的那片阴影，则是那座"未在地图上标出的森林"。

我们不希望去看那座森林。我们也不希望去想它。但是我们的眼睛总会看向天空上的那片阴影。人类从没进入过那座森林，因为没有什么力量可以去探索它，也没有道路能带人穿过里面那些古老的树。那些树耸立在那里，就好像卫兵在守护着骇人的秘密。有传言说，每一百年里都会有一次或者两次，这座城市里的某一个人会独自逃走，跑进那座森林，没有人召唤他们，也没有任何原因。这些人都没有回来。他们要么饥饿而死，要么就死在了漫游在森林里的那些野兽的利爪之下。但是我们的那些委员会说，这只是一个传说。我们听说，在这块大陆上的所有城市里，有很多座"未在地图上标出的森林"。谣言说，它们是在很多"不能提及的时代"的城市的废墟上生长起来的。树木吞噬了废墟，吞噬了废墟底下的骨头，吞噬了死去的一切。

当我们望向远远的夜空中那座"未在地图上标出的森林"时，我们心里想着"不能提及的时代"那些秘密。我们想知道，那些秘密是如何在这个世界上湮灭的。我们听说过关于那场伟大战役的传说。在那场战役中，有很多人为其中一方而战，却只有很少的人支持另一方。这些少数派就是"邪恶的人"，他们最终被打败了。其后，无数场大火在整块大陆上肆虐，将"邪恶的人"和"邪恶的人"制造的所有东西都烧掉了。其中一场名为"手稿之火"的大火烧掉了"邪恶的人"留下的所有手稿，以及"邪恶的人"的所有词语。而这场火，被称作"伟大的复兴之黎明"。熊熊的火焰仿佛高山，在各个城市里的广场上烧了足足三个月。然后，"伟大的复兴"到来了。

"邪恶的人"的词语……"不能提及的时代"的词语……我们丢失的词语到底是什么？

愿委员会怜悯我们！我们本不想写下这样的一个问题，而直到我们把它写下来，我们才知道自己在做什么。我们不应该问这个问题，我们也不应该想这个问题。我们不应该给自己招来厄运。

可是……可是……

某个词语，就一个词语，曾经属于人类的语言，现在却不见了。这就是那个"不能说出的词语"，没有人可以说出或者听到。但是有时，虽然很罕见，有时，在某个地方，人类当中的某一个会发现那个词语。他们在一些古老手稿的残页上发现了它，在一些古代石头的碎片上发现了它。然而当他们说出它时，他们便全都被处死了。这个世界上没有任何罪行会被处以死刑，除了这一个——那便是，说出那个"不能说出的词语"。

我们曾经见过一个这样的人在城市的广场上被活活烧死。那幕景象多年来一直萦绕在我们身边，挥之不去，如影相随，令我们不得安宁。当时的我们只是一个十岁的孩子。我们跟城市里所有的孩子和所有的成人一起，被派到大广场上观看火刑。他们将那个罪人带进广场，领到了柴堆前。他们已经拔掉了罪人的舌头，因此他们再也无法开口。罪人很年轻，身材高大。他们长着一头金发，眼睛有如清晨般湛蓝。他们走向柴堆，步履丝毫没有颤抖。在那个广场上所有的面孔当中，在那尖叫、怒吼、对他们不停咒骂的所有面孔当中，他们的面孔是最为平静、最为快乐的。

用链子将他们的身体捆在柱子上之后，柴堆被点燃了。这时，罪人抬头看向这座城市。一丝细细的血从他们的嘴角流下，他们的双唇却在微笑。一个荒谬的念头立刻击中了我们，并且从此再未离开。我们听说过圣徒。有劳动圣徒、委员会圣徒，还有"伟大的复兴"的圣徒。但是我们从没见过圣徒，也不知道圣徒应该是什么样子。而在那一刻，站在那个广场上，我们认为圣徒的样子就是我们面前火焰中的那张面孔，就是说出了那个"不能说出的词语"的罪人的面孔。

随着火焰升腾起来，一件事情发生了。除了我们没有别人看到这件事情，若非如此，我们就活不到今天了。也许只是在我们看来是这样。但是，在我们看来，罪人的眼睛在人群之中选择了我们，并且一直在盯着我们。他们的眼睛里没有疼痛，也没有意识到他们的身体正在经受的折磨。那里面只有欢乐和自豪。那种自豪比人类应有的自豪更为神圣。看起来，他们的眼睛似乎在尝试着穿过火焰告诉我们什么事情，无声地将某个词语送进我们的眼里。看起来，他们的眼睛正在乞求我们收好那个词语，不要让它从我们身边，从这个世界上溜走。然而火焰升腾起来，我们猜不到那个词语是什么……

那个"不能说出的词语"——即使要像柴堆上的那个圣徒那样被烧死，我们也要问——那个"不能说出的词语"究竟是什么？

THREE

3

我们,"平等7—2521",发现了自然界的一种新能量。我们是一个人发现它的,只有我们一个人知道它的存在。

据说——如果因为这件事必须要对我们处以鞭刑的话,那就让他们打吧——"学者委员会"说,我们所有人都知道这个世界上存在的所有东西,因此,如果有什么东西不是所有人都知道的,那它们就不存在。但是我们认为,"学者委员会"瞎了。这个地球的秘密并不是要让所有人都看到的,它们只呈现在寻求它们的那些人面前。我们知道这一点,因为我们已经发现了一个我们所有的兄弟都不知道的秘密。

我们并不知道这种能量是什么,也不知道它源于何处,但是我们知道它的本质。我们观察过它,并且研究过它。

我们第一次发现它是在两年以前。一天晚上,当我们剖开一只青蛙的尸体时,我们看到它的腿抽搐了一下。它已经死了,可是它还会动。是人类不知道的某种能量在让它动。我们无法理解这件事。随后,经过无数次的试验,我们找到了答案。青蛙当时是被挂在一根铜丝上,我们刀子中所含的金属给了铜丝一种奇特的能量,又透过了青蛙尸体上的盐水。我们把一个铜片和一个锌片放进了一罐盐水中，上面连了一根金属丝，于是，在我们的手指底下，一个从未发生过的奇迹出现了，一个新的奇迹和一种新的能量。

这个发现纠缠着我们。我们把其他所有研究都搁置一旁，全神贯注在它身上。我们研究它，我们用比可以描述出来的还多的方式试验它，而每一步都仿佛是在我们面前显露的另一个奇迹。我们开始认识到我们发现了地球上最伟大的一种能量，因为它在公然挑战人类已知的所有法则。我们从"学者之家"偷来了一个指南针，而这种能量可以让指南针的指针移动并旋转。可是，我们还是孩子的时候就学过，磁石指向北方，这是任何事物都无法改变的一条法则；然而我们的新能量挑战了所有的法则。我们发现它能引发闪电，而人类从不知道是什么引发了闪电。雷雨时，我们在我们的洞旁竖起一根高高的金属棒，自己则从下面看着，只见闪电一次又一次地击中了金属棒。所以，现在我们知道了金属能吸引天空的能量，也能用来创造这种能量。

我们利用我们的这个发现制作了一些奇怪的东西。为了它，我们使用了我们在位于地下的这里找到的那些铜丝。之前我们用一根蜡烛照路，把整条隧道走了一遍。隧道总共只有半英里长，因为两头都被塌下来的泥土和石头堵住了。不过，我们把发现的所有东西都收集了起来，并且带回了我们工作的地方。我们发现了一些奇怪的盒子，里面有一些金属条，还有金属绳、金属索跟金属线圈。我们发现了一些金属丝，它们连着墙上一些奇怪的玻璃小球，球里面装着比蜘蛛网还要细的金属线。

这些东西在我们的工作中帮上了我们。我们不理解它们是什么，但我们认为"不能提及的时代"的人们曾经了解我们所发现的天空的能量，而这些东西与它有关。我们还不了解，但我们会去学习。尽管只有我们一个人知道它的存在这一事实让我们害怕，但是现在我们无法停下来。

学者是因为他们的智慧而被所有人共同推选出来的，任何一个人都不能拥有比那么多学者更高的智慧。然而我们能。我们的确拥有。我们一直挣扎着不想说出这句话，但现在还是说出来了。我们不在乎。除了我们的金属和我们的金属线，我们忘掉了所有的人、所有的法律和所有的一切。还有那么多东西要去学习！我们面前是一条那么长的路，如果必须独自前行，又何所挂怀！

FOUR

4

过了很多天，我们才有机会再一次跟"金色的人"说话。但是，那一天的天空变成了白色的，仿佛太阳爆炸了，将空气中铺满了火焰。田野无声无息、一动不动地躺在那里，马路上的尘土在阳光下都成了白色的。因此，田野里的女人们都疲惫不堪，拖拖拉拉地干着活。我们到的时候，她们都离马路很远。不过，"金色的人"正独自站在树篱旁等待着。我们停下脚步，只见她们正用那双对世界如此冷酷与轻蔑的眼睛看着我们，似乎将会服从我们说出的任何话语。

我们说：

"'自由5—3000'，我们在心里给你们起了个名字。"

"我们的名字是什么？"她们问道。

"'金色的人'。"

"我们想起你们时，也不叫你们'平等7—2521'。"

"你们给我们起了什么名字？"

她们直视着我们的眼睛，高高地扬起头，回答道："'未被征服的人'。"

好久好久，我们都无法开口。然后我们说道："像这样的想法是被禁止的，'金色的人'。"

"但是你们也有这样的想法,而且你们也希望我们这样想。"

我们看进她们的眼睛,我们不能撒谎。

"是的,"我们悄声说道,她们微笑了起来。接着我们又说道:"我们最最亲爱的人,不要服从我们。"

她们向后退去,双眼大睁,僵在了那里。

"把这些话再说一遍。"她们低声说道。

"哪些话?"我们问道。但是她们没有回答,而我们其实知道。

"我们最最亲爱的人。"

从来没有男人对女人说过这些。

"金色的人"缓缓低下了头,一动不动站在我们面前。她们的双臂垂在体侧,两只手的掌心翻向我们,就好像她们的身体投降了,被送到了我们眼前。我们说不出话来。

然后她们抬起了头。似乎是希望我们忘掉她们自己的某种焦虑,她们简单而温柔地开了口。

"天气很热,"她们说,"你们已经工作了好几个小时,肯定累坏了。"

"不。"我们回答。

"田野里比较凉快,"她们说,"还有水可以喝。你们渴吗?"

"是的,"我们答道,"但是我们不能穿过树篱。"

"我们会把水给你们拿过来。"她们说。

然后她们跪在了沟渠旁边,用双手捧起水,接着站起身来,伸出手,把水送到我们的唇边。

我们不知道我们是否喝了那水,只知道她们的手突然空了,而我们的双唇依然贴在她们的手上。她们也知道,但是她们没有把手拿开。

我们抬起头,向后退了一步,因为我们不理解我们为什么会这样做,也不敢去理解。

"金色的人"也向后退了一步。她们站在那里,怀疑地看着自己的双手。然后,尽管其他人并没有过来,"金色的人"还是离开了。她们一步步地向后退着,仿佛无法转过身去不看我们;她们的双臂端在胸前,仿佛无法放下她们的手。

FIVE

5

我们制造了它。我们创造了它。我们让它从这个时代的黑夜之中产生了。我们一个人。我们的双手。我们的头脑。我们一个人的头脑，只有我们的头脑。

我们不知道我们在说什么。我们的头晕乎乎的。我们看向我们制造出来的光。无论我们今晚说了什么，我们都会得到原谅。

今晚，在数不胜数的日子和数不胜数的试验之后，我们终于制作完成了一个奇怪的东西。那是从"不能提及的时代"的遗物中找到的一个玻璃盒子，我们用它来产生天空的能量。那比我们从前获得过的任何能量都要强大。当我们把我们的金属丝放进这个盒子里面时，当我们关合流路——金属丝亮了起来！它活了，它变成了红色的，一个光圈照在了我们面前的石头上。

我们站了起来，用双手抱住头。我们无法设想我们创造出来的这个东西。我们都没有碰打火石，我们也没有生火。然而这里有了光，不知从哪里来的光，从金属的心脏中来的光。

我们吹灭了蜡烛。黑暗吞噬了我们。我们周围什么都没有了，什么都没有了，除了黑夜和黑夜里一道细细的火焰，就像一座监狱里墙上的一道裂缝。我们将双手伸向金属丝，我们看见了红光里我们的手指。我们看不见我们的身体，也感觉不到它，在那一刻，除了在黑暗的深渊里发光的一根金属丝，还有金属丝上方我们那两只手，一切都不复存在。

然后我们想到了我们面前这个东西的意义。除了金属和金属丝，我们不需要任何东西便可以照亮我们的隧道、我们的城市，以及这个世界上的所有城市。我们可以给我们的兄弟一种新的光，比他们以往知道的任何一种光都要更干净、更明亮。可以使天空的能量听从人类的命令。它的奥秘、它的威力，全都没有限制。一旦我们选择了要求，就可以让它给予我们任何东西。

然后我们知道了自己该怎么做。我们的发现对我们来说太过伟大了，不能再浪费时间去清扫街道。我们不能保守这个秘密，不能把它埋藏在地底下。我们必须把它带到人们的视野当中。我们需要拥有自己全部的时间,我们需要"学者之家"里的工作室,我们需要我们的兄弟学者来帮助我们,需要将他们的智慧和我们的智慧融合在一起。在我们所有人前面,在这个世界上的所有学者前面,还有那么多的工作要去做。

再过一个月,"世界学者委员会"将在我们这个城市召开会议。那是一个伟大的委员会,所有大陆上最有智慧的人都被推选出来加入其中。他们每年碰面一次,每次都是在地球上的不同城市。我们会去这个委员会那里,将我们装着天空的能量那个玻璃盒子作为礼物放在他们面前。我们会向他们供认一切。他们将看到、理解并表示原谅。因为我们的礼物要大过我们的违规。他们将针对它向"职业委员会"进行解释,而我们会被指派到"学者之家"。以前从没发生过这种事,但也从没有人向人类献上过像我们这个这样的礼物。

我们必须等待。我们必须比以往更加严密地守护我们的隧道。因为若是有学者之外的任何人得知了我们的秘密，他们都不会理解，也不会相信我们。他们看不到别的，只看到我们犯下了一个人工作的罪行，而他们会毁掉我们和我们的光。我们不在乎自己的身体，但我们在乎我们的光……

不，我们在乎我们的身体。这是我们第一次在乎自己的身体。因为这条金属丝就像我们身体的一部分，是从我们的身体里拽出的一根血管，是用我们的血在发光。我们自豪的是这根金属丝，还是制造出它的我们的双手？这两者能区分开吗？

我们伸出双臂。这是我们第一次知道我们的手臂有多强壮。突然，我们产生了一个奇怪的念头：我们第一次想知道我们看起来是什么样子。人们从来不看自己的脸，也从不问他们的兄弟这个问题，因为关注自己的脸或身体都是邪恶的。但是今晚，出于某个无法理解的原因，我们希望自己能够知道我们自己这个人的相貌。

SIX

6

我们有三十天没有写东西了。因为我们已经有三十天没有来这里,没有来我们的隧道。我们被抓了起来。

事情就是在我们上次写东西那个晚上发生的。那天晚上,我们忘了观察沙漏。玻璃里的沙子会告诉我们三个小时已经过去,该回市剧院了。可当我们想起来时,沙子已经漏光了。

我们急忙赶往剧院。但是那个灰色的大帐篷在天空的映衬下寂静无声地矗立在那里,我们面前黑暗的城市街道上空无一人。如果回去藏在我们的隧道里,我们会被发现,我们的光也会一起被发现。所以,我们便朝"清道夫之家"走去。

当"清道夫之家委员会"审问我们时,我们看向委员会成员们的脸,但那些脸上没有好奇,没有愤怒,也没有怜悯。所以,当其中最为年长的那个问我"你们去哪儿了"时,我们想着我们的玻璃盒子和我们的光,忘掉了此外的一切。我们回答道:

"我们不会告诉你们。"

最为年长的那个没有进一步审问我们。他们转向那两个最为年轻的,用厌烦的声音说道:

"把我们的兄弟'平等7—2521'带到'改造拘留宫殿'。用鞭子打到他们说出来为止。"

因此，我们便被带到了"改造拘留宫殿"底下的石屋里。这个屋子没有窗户，除了一根铁柱子以外空空如也。两个男人站在柱子旁边，赤裸的身体上穿着皮围裙，脸上罩着皮头巾。带我们来的那两个人离开了，将我们留给了站在屋子一角的那两位法官。身材瘦小、头发灰白、弯腰驼背的法官们向那两个罩着头巾的壮汉发出了信号。

壮汉们从我们身上把衣服撕掉，把我们推得跪倒在地，然后将我们的双手绑在了那根铁柱子上。

第一下鞭打让我们感觉好像脊柱断成了两截，而第二下却止住了第一下的疼痛。有那么一秒钟，我们什么都感觉不到了，然后我们的喉咙开始剧痛，肺里没有了空气，好像着了火一样。然而，我们没有哭喊出来。

鞭子呼啸，就像风在唱歌。我们试着去数抽打的次数，但很快便数不清了。我们知道鞭子正在往我们的背上落，只是再也感觉不到什么。一个燃烧的烤架一直在我们眼前，除了它，我们什么都没有想。一个烤架，一个红方格组成的烤架。接着，我们知道了我们是在看门上那铁栅栏的方格，墙上也有石头砌的方格，而鞭子在我们背上抽打出来的方格，正在我们的皮肉中一再地重复交叉。

这时我们看见面前有一个拳头。它把我们被打的下巴抬了起来，只见那干枯的手指沾上了我们嘴里吐出的血沫。那个法官问道：

"你们去哪儿了？"

但是我们猛地把头扭开，将脸埋在了我们被缚的双手里，用牙咬住了我们的嘴唇。

鞭子再次呼啸起来。我们纳闷是谁在往地上撒燃烧着的煤灰，因为我们看到身边的石头上有一颗颗的红色在闪耀。

然后我们便失去了知觉，只记得两个声音在一个接着另一个地有规律地咆哮，其实，我们知道每一句都隔了好几分钟：

"你们去哪儿了你们去哪儿了你们去哪儿了你们去哪儿了……"

我们的嘴唇动了，但是声音又慢慢地淌回了我们的喉咙里。那声音只不过是：

"光……光……光……"

然后我们就什么都不知道了。

睁开双眼时,我们发现自己正趴在一间单人牢房的砖地上。我们看着远远的前方砖地上放着的两只手,动了动,然后知道了它们是我们的手。但是我们的身子动不了。接着我们微笑了起来。因为我们想到了我们的光,想到了我们没有背叛它。

我们在我们的单人牢房里躺了很多日子。每天门会开两次,一次有人给我们送来面包和水,另一次来的则是法官。很多法官来了我们的牢房,先是这座城市里等级最低的法官,然后是最为受人尊敬的法官。他们穿着白色的长袍站在我们面前,问道:

"你们准备好开口了吗?"

但我们只是躺在他们面前的地上摇了摇头。于是他们便离开了。

时间一天天流逝,每一天每一夜我们都在数着。然后,今晚,我们知道我们必须逃走了,因为明天"世界学者委员会"的会议将在我们的城市召开。

从"改造拘留宫殿"逃出来非常容易。门上的锁都旧了,四下也没有守卫。没有理由需要守卫,因为人们从来没有像这样反抗过委员会，竟然会从委员会命令自己待着的地方逃出来。我们的身体很健康，迅速地重新充满了力量。我们冲过黑暗的走廊、黑暗的街道，爬下了我们的隧道。

我们点燃蜡烛，看到我们的地方没有被人发现，我们的东西也没有被人碰过。我们的玻璃盒子就在我们面前那冰冷的火炉上立着，跟我们把它放在那儿时一样。我们背上的那些伤疤啊，现在它们又有什么要紧呢！

明天，在白昼明亮的阳光之下，我们会敞着我们的隧道，带着我们的盒子，走过街道，前往"学者之家"。我们会把这个迄今为止最为伟大的献给人类的礼物放在他们面前。我们会告诉他们真理。我们会把我们写下的这些东西作为供状交给他们。我们会握住他们的手，为了人类的荣耀，我们会一起研究这天空的能量。我们祝福你们，我们的兄弟！明天，你们将把我们带回你们的围栏，我们将不再无家可归。明天，我们会重新成为你们的一员。明天……

SEVEN

7

森林里一片阴暗。头顶的树叶沙沙作响，在天空的最后一抹金色映衬下，它们呈现出黑色。苔藓柔软而温暖。在森林里的野兽撕碎我们的身体之前，我们会在这苔藓上睡些日子。现在除了苔藓，我们没有其他的床；除了野兽，我们也没有其他的未来。

现在我们老了，可是今天早上，拿着我们的玻璃盒子，穿过这座城市的街道前往"学者之家"时，我们还是年轻的。没有人拦住我们，因为附近没有来自"改造拘留宫殿"的人，而其他人什么都不知道。没有人在门口拦住我们。我们走过空荡荡的走廊，走进"世界学者委员会"的成员们正坐在里面召开隆重会议的大礼堂。

除了巨大的窗子外面湛蓝而耀眼的天空，我们进去时什么都没看到。然后我们看到了围着一张长桌坐成一圈的学者们。他们就像一团团没有形状的云，在那巨大天空的隆起处挤在一起。有些人非常有名，我们听说过，也有些人来自遥远的大陆，我们没听过他们的名字。我们看到他们头顶的墙上挂着一幅巨大的油画，上面画的是发明蜡烛那二十位杰出人士。

我们进去时，委员会的所有成员都将头转向我们。地球上这些伟大而智慧的人不知道我们是谁,他们疑惑而好奇地看着我们,就好像我们是一个奇迹。没错,我们的束腰外衣撕破了,上面还溅着棕色的血点。我们举起右臂,说道:

"向你们致以祝福,我们'世界学者委员会'受人尊敬的兄弟!"

"集体0—0009",委员会成员中最为年长也最为智慧的那个,开口问道:

"你们是谁?我们的兄弟。你们看上去不像一个学者。"

"我们的名字是'平等7—2521',"我们答道,"我们是这座城市里的一个清道夫。"

然后,仿佛一阵狂风袭击了大礼堂,所有的学者不约而同地讲起话来,愤怒而恐惧。

"一个清道夫!一个清道夫走进了'世界学者委员会'的会场!简直不敢相信!这违反了所有的规矩和所有的法律!"

不过我们知道如何阻止他们。"我们的兄弟!"我们说道,"我们无足轻重,我们的违规也无足轻重。重要的只有我们的兄弟。不必考虑我们,因为我们不值一提,但是请听听我们所讲的话，因为我们给你们带来了一个礼物，一个从未献给过人类的礼物。听听我们所讲的话，因为人类的未来掌握在我们手中。"

然后他们就听着。

我们把我们的玻璃盒子放在他们面前的桌子上。我们开始讲述关于它、关于我们长久的追寻、关于我们的隧道，以及关于我们从"改造拘留宫殿"脱逃的一切。在我们讲述的时候，礼堂里没有一只手也没有一只眼睛有所动作。接着我们把金属丝放进了盒子里，他们全都向前俯身，一动不动地坐在那里观看。我们安静地站在那里，两眼看着金属丝。缓缓地，就像脸被涨红一样，一抹红色的火焰缓缓地开始在金属丝上颤抖。然后，金属丝发出了光芒。

然而，恐惧击中了委员会的人。他们跳起身来，从桌子旁边跑开；他们紧紧地靠着墙挤作一团，想从其他人的身体中寻找温暖，给自己勇气。我们看着他们，大笑着说：

"什么都不用怕，我们的兄弟。这些金属丝里是一种巨大的能量，但它已经被驯服了。它是你们的了。我们把它送给你们。"

他们还是不愿动作。

"我们把天空的能量送给你们！"我们高声喊道，"我们把地球的钥匙送给你们！拿着它，让我们成为你们当中的一员，你们当中最为卑微的一员。让我们所有人一起研究、一起利用这种能量，让它去减轻人类劳作的辛苦。让我们扔掉我们的蜡烛跟火把。让我们用光淹没我们的城市。让我们给人类带来一种新的光！"

但是他们看着我们，我们突然之间开始担心。因为他们的眼睛眯了起来，一动不动，充满了邪恶。

"我们的兄弟！"我们高声喊道，"难道你们没有话要对我们说吗？"

于是"集体0—0009"开始向前移动。他们朝桌子走来，其他人跟在他们后面。

"有，""集体0—0009"说道，"我们有很多话要对你们说。"

他们说话的声音令礼堂一片寂静，连我们的心跳都停了下来。

"是的，""集体0—0009"说道，"我们有很多话要对一个浑蛋说。他们触犯了所有的法律，竟然还敢对他们的恶行自吹自擂！你们怎么敢认为你们的头脑里比你们兄弟的头脑里有更高的智慧？如果委员会判定你们应该当一个清道夫，你们怎么敢认为对于人类来说，你们还有比清扫街道更重要的用途？"

"卑贱的清道夫，""友爱9—3452"说，"你们怎么敢把你们自己当成单独的'一个'，怎么敢去想'一个'而不是'许多'？"

"你们应该被绑在柱子上烧死。""民主4—6998"说道。

"不，他们应该被处以鞭刑，""一致7—3304"说，"用鞭子打得他们寸骨不留。"

"不，""集体0—0009"说道，"我们不能就这件事做出决定，我们的兄弟。从来没有人犯下过这样的罪行，不能由我们来进行判决。不能由任何小委员会来进行判决。我们应该把这个生物送到'世界委员会'上，让'世界委员会'的意志得到践行。"

我们看向他们，争辩道：

"我们的兄弟！你们是正确的。就让'世界委员会'的意志在我们的身体上得到践行吧。我们不在乎。可是那个光呢？你们要拿那个光怎么办？"

"集体0—0009"看着我们，露出了微笑。"这么说，你们认为你们发现了一种新的能量,""集体0—0009"说道,"你们所有的兄弟都这么认为吗?"

"不。"我们回答。

"如果不是所有人都这么认为,那这件事就不可能是真的。""集体0—0009"说道。

"你们是一个人研究的这个?""国际1—5537"问。

"是的。"我们回答。

"如果不是集体完成的,那这件事就不可能是好的。""国际1—5537"说道。

"过去,'学者之家'的很多人都有过奇特的新想法,""团结8—1164"说,"但是当他们的大多数兄弟学者都投票反对他们的时候,他们就放弃了他们的想法,就像所有人都必须做的那样。"

"这个盒子没有用处。""联盟6—7349"说道。

"如果它是他们所声称的东西,""和谐9—2642"说,"那它会毁掉蜡烛部。所有人全都认可蜡烛是人类的一个巨大福音。因此,它不能被一个人的奇思怪想给毁掉。"

"这会破坏'世界委员会'的计划,""一致2—9913"说,"没有'世界委员会'的计划,太阳便无法升起。为了得到所有委员会对蜡烛的认可，为了决定所需的数量，为了修订计划以便用蜡烛代替火把，花了整整五十年。这涉及在很多国家工作的千千万万的人。我们不能这么快就修改计划。"

"如果它能减轻人类劳作的辛苦，""相似5—0306"说，"那它就是一种巨大的邪恶。因为除了为他人辛苦劳作之外，人类并没有存在的理由。"

然后，"集体0—0009"站了起来，指着我们的盒子。"这个东西，"他们说，"必须毁掉。"

其他所有人都异口同声地喊了起来："它必须毁掉！"

然后我们朝桌子跳了过去。

我们抓住我们的盒子，我们把他们推到一边，然后我们向窗子跑去。我们转过身子，最后一次看着他们，一种超越人类情感的愤怒让我们的声音哽在了喉头。

"你们这些蠢货！"我们大喊道，"你们这些蠢货！你们这些应该下三次地狱的蠢货！"

我们朝着窗玻璃挥起拳头，然后在叮当作响的玻璃雨中跳了出去。

我们摔倒了，但是我们绝不会让那个盒子从我们的手里掉出去。然后我们跑了起来。我们盲目地奔跑着,人和房子像一道没有形状的洪流,从我们身边疾驰而过。前方的路似乎不是平的,而是要跳起来迎接我们。我们等待着地面升起,撞上我们的脸。然而我们继续跑。我们不知道我们要去哪里。我们只知道我们必须奔跑,跑向世界的尽头,跑向我们人生的尽头。

然后我们突然意识到我们躺在一块柔软的土地上,意识到我们已经停了下来。树木无比静默地耸立在我们上方,比我们见过的所有树都要高。然后我们知道了。我们是在"未在地图上标出的森林"里。我们没有想过要来这里,但是我们的双腿携带着我们的智慧,我们的双腿违背了我们的意志,把我们带到了这座"未在地图上标出的森林"里。

我们的玻璃盒子躺在我们身边。我们朝它爬过去,摔倒在它上面。我们将脸埋在臂弯里,安静地趴在那里。

我们就这样趴了很久。然后我们站了起来,拿起盒子,继续朝森林深处走去。

我们去哪里并不重要。我们知道人们不会跟着我们,因为他们从没进过这座森林。我们不怕来自他们的任何东西。这座森林会解决掉它自己的受害者,但这也没让我们害怕。我们只想离开,离开这座城市,离开这座城市的天空中的空气。所以我们继续前行,我们的手臂夹着我们的盒子,我们的心空空荡荡。

我们的命运已经注定。无论剩下的是什么样的日子,我们都会独自度过。我们听说过孤独的堕落。我们已经把自己和真理,也就是我们的兄弟撕裂了开来,已经没有可供我们回头的路,也没有了救赎。

我们知道这些事情,但是我们不在乎。我们不在乎地球上的任何事情。我们累了。

只有臂弯里的玻璃盒子像一颗鲜活的心脏在给予我

们力量。我们对自己撒了谎。我们制作这个盒子并非为我们兄弟的利益。我们制作它只是为了它本身。对我们而言，它胜过了我们所有的兄弟，它的真理胜过他们的真理。为什么要对此感到惊奇呢？我们没有多少日子可活了。我们正在走向在这巨大而寂静的森林里等待我们的利齿。留在身后的事，没有什么值得遗憾。

这时，我们第一次也是唯一一次感到了一阵疼痛。我们想到了"金色的人"。我们想到了再也不会见到的"金色的人"。然后，疼痛过去了。这样才最好不过。我们是遭了天谴的人。如果"金色的人"忘掉了我们的名字，也忘掉了叫这个名字的这具身体，这样才最好不过。

EIGHT

8

我们在森林里的第一天，这一天，是充满惊奇的一天。一缕阳光落在我们脸上的时候，我们醒了过来。我们想跳起来，因为此前生活中的每一个早上我们都得跳起来。但是我们突然想起刚刚没有听到钟声，而且任何地方都不会再响起钟声。我们仰面躺在那里，我们猛地把胳膊伸出去，我们看着上面的天空。镶着银边的树叶晃动着泛起涟漪，就像一条绿与火的河，在我们头顶高高地流过。

我们不想动。我们突然想到我们可以就这样一直躺下去，想躺多久就躺多久。想到这一点，我们放声大笑了起来。我们也可以站起来，或者跑，或者跳，或者再次跌倒。我们正在想这些想法毫无道理，但还没等我们意识到，我们的身体便已经一跃而起了。我们的双臂自己伸了出去，我们的身体不停地旋转、旋转，掀起一阵风，吹得灌木的叶子沙沙作响。接着我们的双手抓住了一根树枝，将自己高高地荡到了树上。我们这样做没有任何目的，只不过想了解自己身体的力量。脚下的树枝突然断了，我们摔在了垫子一样柔软的苔藓上。然后我们的身体失去了所有知觉，只是在苔藓上滚来滚去。干枯的树叶卷到了我们的束腰外衣里，我们的头发中，还有我们的脸上。我们突然听到自己在笑，放声大笑，笑得好像除了笑，我们的身体里没有剩下其他的力量。

然后我们拿上我们的玻璃盒子，继续朝森林深处走去。我们继续走着，在树枝间开出一条路。我们好像正在树叶的海洋中游泳，灌木丛仿佛起伏不定的海浪，还把它们的绿沫高高地喷向树梢。树木在我们面前分开，召唤我们前行。森林似乎在欢迎我们。我们继续走着，什么都不想，什么都不在乎，除了我们身体的歌唱之外，什么都不去感觉。

当我们感觉饿了的时候，我们停了下来。我们看见树枝上有很多鸟，还有一些正从我们脚下飞起来。我们捡起一块石头，把它当成箭朝一只鸟砸去。鸟掉到了我们面前。我们生起一堆火，将鸟烤熟，然后吃掉了。我们从没吃过比这更美味的大餐。然后我们突然想到，在我们需要，并通过我们自己的手获得的食物里，可以找到巨大的满足。所以我们希望快点再感觉到饿，那样的话，我们就可以再一次感受吃东西时这种奇特而新鲜的自豪。

然后我们继续往前走，走到了一条仿佛玻璃般镶嵌在林中的溪流旁。它是那么的平静，我们甚至都看不到水，只看到大地被切了一道口子，里面的树木头朝下生长，而天空卧在谷底。我们在溪流旁边跪下，弯腰去喝水。这时，我们停了下来。因为，在我们下方的蓝天上面，我们第一次看到了我们的脸庞。

我们一动不动地坐在那里，屏住了自己的呼吸，因为我们的面孔和我们的身体都是那样的美丽。我们的面孔和我们兄弟的不一样，因为看着它时，我们没有感觉到同情。我们的身体和我们兄弟的也不一样，因为我们的四肢又直又瘦，结实而强壮。我们觉得我们可以信任在溪流里看着我们的这个生命，而且我们对它无所畏惧。

我们继续往前走着，直到太阳从天边落下。当黑暗渐渐笼罩了森林之时，我们在两棵树树根中间的凹陷处停下了脚步。今晚我们将睡在这里。突然之间，在这一天，我们第一次想起了我们是遭了天谴的人。我们想起了这件事，于是放声大笑。

当初我们把之前写的那些东西藏在了束腰外衣里，准备带给"世界学者委员会"，不过始终没有给他们。跟它藏在一起的还有另外一些纸张，此刻，我们正在往其中一张纸上写下这些。我们有很多话要对我们自己说，我们期望在接下来的日子里可以找到用来描述它们的词语。但是现在我们说不出来，因为我们还无法理解。

NINE

9

我们有很多天没有写东西了。我们不想说话。因为我们不需要任何词语来记住发生在我们身上的事。

那是在森林里的第二天，我们听到身后传来了脚步声。我们藏进灌木丛里，等待着。脚步声越来越近。接着，我们看到树木中间露出了一件白色束腰外衣的褶皱和一丝金色。

我们跳了出来，朝她们跑过去。我们站在那里，看着"金色的人"。

她们看见了我们。她们的双手攥成了拳头，拳头又把手臂向下拉去，就好像她们希望在她们身体晃动的时候，可以用手臂稳住自己。她们讲不出话来。

我们不敢走得离她们太近。我们声音颤抖地问：

"你们怎么会在这儿？'金色的人'？"

可她们只是喃喃地说道：

"我们找到你们了……"

"你们怎么会在森林里？"我们又问。

她们抬起头，声音里带着一种巨大的自豪，回答道：

"我们是跟着你们来的。"

我们一时哑口无言。她们又说：

"我们听说你们去了'未在地图上标出的森林'，因为整个城市都在说这件事。所以，听说这件事的那天晚上，我们就从'农民之家'跑了出来。我们在那片没有人走的平原上发现了你们的脚印，于是我们就跟着脚印走。走进森林之后，我们又沿着你们撞断树枝形成的那条小路走。"

她们的白色束腰外衣被划坏了，手臂的皮肤也被树枝刮破了，但是说话的时候，她们好像完全没有注意到这些。她们没有注意到自己的疲劳，也没有注意到自己的恐惧。

"我们是跟着你们来的。"她们说，"而且无论你们去哪儿，我们都会跟着你们去。如果你们遇到了危险，我们会和你们一起面对。如果那危险是死亡，我们也会和你们一起去死。你们遭了天谴，而我们愿意和你们一起承担这个天谴。"

她们看着我们，声音低沉，但那声音里面饱含着苦涩与胜利的喜悦：

"你们的眼睛像一道火焰，而我们的兄弟却既没有希望也没有火。你们的嘴冷酷坚毅，而我们的兄弟却软弱而卑微。你们的头高高地扬着，而我们的兄弟却畏缩不安。你们走，而我们的兄弟却在爬。我们宁愿和你们一起遭到天谴，也不愿和我们所有的兄弟一起受到祝福。只要你们喜欢，对我们做什么都行，只是不要把我们从你们身边赶走。"

然后她们跪了下去，在我们面前垂下了她们金色的头。我们从来没有想过自己会这样做。我们弯下腰去，想把"金色的人"扶起来，但是双手碰到她们的那一刹那，我们好像突然疯了一样，拽过她们的身体，紧紧地把我们的双唇贴上了她们的。"金色的人"喘了口气，那不是呼吸，而是一声呻吟，接着，她们用双臂搂住了我们。

我们就那样站在一起很久很久。我们被吓到了，因为活了二十一年，我们竟然不知道人类可能有这样的快乐。

然后我们说道："我们最最亲爱的人。不要对这座森林有丝毫恐惧。孤独并没有危险。我们不需要我们的兄弟。让我们忘掉他们的善与我们的恶，让我们忘掉一切，只记得我们在一起，而快乐是我们之间的纽带。把你们的手给我们。往前看。那是我们自己的世界。'金色的人'，一个奇特而未知的世界，可它是我们自己的。"

然后我们手牵着手，继续朝森林深处走去。

那天晚上，我们知道了抱着一个女人的身体既不丑陋也不可耻，那其实是上天赐予人类的一种狂喜。

我们已经走了很多天。森林没有尽头，我们也并不寻找尽头。但是自从我们离开城市，每多走一天，都仿佛得到了一个额外的祝福。

我们做了一张弓和很多箭；我们射到的鸟多得都吃不完。我们还在森林里找到了水跟水果。晚上，我们会选择一块空地，并且在空地四周生起一圈火，然后睡在火圈中间。这样一来，野兽就不敢攻击我们。当它们在远处的枝叶间望着我们的时候，我们可以看到它们的眼睛，黄绿相间，好像煤炭一样。火圈像一顶宝石王冠，绕着我们闷烧；在月光的照耀下，一缕缕青烟凝滞在空气中。我们一起睡在火圈中间，"金色的人"用双臂搂着我们，她们的头依偎在我们的胸口。

总有一天，等我们走得够远了，我们会停下来建一座房子。但是我们不用着急。我们前面的日子就像这座森林一样没有尽头。

我们不能理解我们发现的这种新生活，然而它看上去这么清晰，这么简单。当种种问题让我们迷惑的时候，我们便加快脚步，然后转过身来，在看到身后"金色的人"时忘掉一切。当她们伸手撩开树枝时，树叶的影子落在她们的手臂上，她们的肩膀罩在阳光里。她们手臂的皮肤就像一片蓝色的薄雾，她们白皙的肩膀熠熠生辉，就好像光并不是从上面照下来的，而是来自她们的皮肤底下。我们看着一片树叶落上她们的肩膀，然后停在了她们颈上的曲线里。树叶上有一颗露珠，像宝石一样闪耀着。她们走近我们，停下脚步，放声大笑。她们知道我们在想什么，却没有追问，只是顺从地等待着，直到我们高兴起来，才又转过身继续往前走。

我们继续往前走，祝福着脚下的地球，但是我们一边沉默地走着，一边又想起了那些问题。如果我们发现的东西是孤独的堕落，那么除了堕落，人类还能期望什么？如果这就是独处这种大恶，那什么是善，什么又是恶？

从"许多"中产生的所有东西都是善。从"一个"中产生的所有东西都是恶。从第一次呼吸开始，我们就是被这样教导的。我们触犯了法律，但是我们从没怀疑过它。然而现在，当我们行走在森林中的时候，我们开始学习怀疑。除了为他们所有兄弟的利益而进行有用的辛苦劳作，人类没有其他的生活；可是，当我们为我们的兄弟而辛苦劳作时，我们并没有在生活，我们只感觉到疲惫。除了与他们的所有兄弟分享的快乐，人类没有其他的快乐；但唯一教会我们快乐的东西，是我们在金属丝里创造的能量和"金色的人"。而这两种快乐都只属于我们一个人,它们只来自我们一个人,它们与我们的兄弟没有任何关系,它们无论如何都跟我们的兄弟毫不相干。这些都让我们疑惑。

人类的思想当中有一个错误,一个可怕的错误。这个错误是什么呢?我们不知道,但是答案在我们的身体里挣扎,挣扎着要来到这个世上。

今天,"金色的人"突然停下了脚步,说道:

"我们爱你们。"

可是她们随即皱起了眉头,摇着脑袋,无助地看向我们。

"不,"她们喃喃地说,"这不是我们想说的话。"

她们沉默了一会儿,然后缓缓地开了口。她们结结巴巴,就像一个第一次学说话的孩子:

"我们是一个……单独的……唯一的……我们爱你们,一个……单独的……唯一的你们。"

我们看着彼此的眼睛。我们知道,一个奇迹刚刚差点就发生了,但它又溜走了,只剩下我们徒劳地摸索。

我们备受折磨,因为某个我们找不到的词语而备受折磨。

TEN

10

我们正坐在桌前，往几千年前制造的纸张上写下这些。光线昏暗，我们看不见"金色的人"，只能看见在一张古老的床上，枕头上的一绺金发。这是我们的家。

今天日出时分，我们到了这里。很多天以来，我们一直在翻越一座又一座的山。这片森林就夹在一座座的山崖之间。每次走出森林，来到一条荒芜的岩石上，我们都会看见我们的西面、北面，还有南面，视线所及之处，尽是一座座巨大的山峰。山峰棕红相间，一条条绿色的森林像是它们的血管，蓝色的薄雾则像是它们脸上的面纱。我们从来都没听说过这些山，也没有在任何地图上见过它们的标记。这座"未在地图上标出的森林"保护着它们，让它们免受城市和城市里的人类之害。

我们攀上野山羊都不敢跟来的小路。石头从我们脚底滚下去，我们听见它们撞在了下方的岩石上，然后继续一路向下，每一次撞击，群山都一起回响，直到石头已经停下很久，余音仍然不绝。但是我们继续往前走着，因为我们知道，绝没有人会跟踪我们，也绝没有人能追上我们。

然后今天，在日出时分，我们看见前方一座陡峭山峰顶上的树林里闪过一道白色的火焰。我们以为是着火了，便停了下来，但是那道火焰没有移动，而是像液体金属般耀眼。所以我们便翻过岩石，朝它爬去。在那里，在我们面前，在它身后群山的映衬下，一座我们从未见过的房子矗立在辽阔的山巅。而我们看到的那道白火，来自它窗玻璃上反射的阳光。

这座房子有两层。它的房顶很奇怪，像地面一样平坦。而在它的墙上，窗子比墙壁的面积还要大，并且窗子一直延伸到了拐角，我们都猜不出它是怎么让这座房子站在那里的。墙壁坚硬而光滑，是用我们在我们的隧道里看见的那种不像石头的石头建造的。

毋庸多言，我们知道，这座房子是"不能提及的时代"留下来的。森林保护了它不受时间与天气的侵袭，也保护了它不受比时间和天气更缺乏同情之心的人类的伤害。我们朝"金色的人"转过身去，问道：

"你们害怕吗？"

她们摇了摇头。于是我们走到门前，猛地将门推开，然后我们一起走进了这座"不能提及的时代"的房子。我们需要用未来的所有日子去看，去学习，去理解这座房子里面的东西。今天，我们只能看，并且试着相信我们的眼睛。我们把厚重的窗帘从窗子上拉开，发现房间都很小。我们觉得，这里当时住的人不可能超过十二个。竟然允许某人建一座只够十二个人住的房子，这让我们觉得很奇怪。

我们从没见过光线如此充沛的房间。阳光在各种颜色上舞蹈。各种颜色，比我们所能想象的还要多的颜色。除了白色的、棕色的和灰色的房子，我们没见过其他颜色的房子。墙上镶着大块大块的玻璃，不过那不是玻璃，因为当我们看向它时，它像湖面一样映出了我们的身体跟我们身后的所有东西。这里有一些我们从没见过的奇怪的东西，我们也不知道它们的用途。这里到处都有玻璃球，每个房间都有，里面有细金属丝的那种玻璃球，跟我们在我们的隧道里看见的一样。

我们发现了睡眠大厅，但是敬畏地站在了门口。因为那是一个小房间，里面只有两张床。我们没有在这座房子里找到其他的床，所以我们知道了只有两个人住在这里。这超越了我们的理解力。在"不能提及的时代"，人类拥有的是一个什么样的世界呢？

我们发现了一些衣服。一看到它们，"金色的人"便倒吸了一口气。因为它们不是白色的束腰外衣，也不是白色的长袍；它们五彩缤纷，没有任何两件是一样的。当我们伸手去摸时，其中的一些化成了尘土。但剩下的那些是用比较厚重的布料做的，在我们的手指底下，它们崭新而柔软。

我们发现了一个四壁都是架子的房间，架子从地面通到天花板，上面放着一排排的手稿。我们从来没有见过这么多的手稿，也没有见过这么奇怪的形状。它们不是软的，也不是卷起来的，而是有着用布和皮做的硬壳；里面的字又小又整齐，我们怀疑谁能有这样的笔迹。我们匆匆浏览了一下手稿，看见它们是用我们的语言写的，不过我们发现了很多我们无法理解的词语。明天，我们会开始阅读这些手稿。

等我们看过这座房子里所有的房间之后，我们看向"金色的人"，我们都知道彼此脑子里的想法。

"我们永远都不会离开这座房子，"我们说，"也不会让别人把它从我们手里抢走。这是我们的家，我们旅程的尽头。这是你们的房子，金色的人，也是我们的。无论如何，就算地球会向外延伸，它都不会属于其他人。我们不会跟其他人一起分享它,就像我们不会跟他们一起分享我们的快乐、我们的爱情,以及我们的渴望,直到我们人生的尽头。"

"你们的意志将得到践行。"她们说道。

然后,我们来到外面给我们家那个巨大的壁炉捡木头。我们从窗下树林中流过的那条小溪里打了水。我们杀了一只山羊,并且把它的肉带了回来,准备用一口奇怪的铜锅去煮。那口铜锅是我们在一个充满各种惊奇的地方发现的,那里应该是这座房子的烹饪间。

我们是一个人做的这些工作,因为无论我们说什么,都不能把"金色的人"从那块不是玻璃的大玻璃那儿拉开。她们站在它的前面,一遍又一遍地看着她们自己的身体。

当太阳在群山的另一边落下时,"金色的人"在地上睡着了。她们的身边是一堆宝石、水晶瓶和绢花。我们抱起"金色的人",把她们放到了一张床上。她们的头轻轻地倚着我们的肩膀。然后我们点起一支蜡烛,从放手稿的房间里拿来纸张,坐到了窗前。因为我们知道,今晚我们无法入眠。

此刻，我们望着大地和天空。裸露的岩石、山峰和月光在我们面前铺展开来，有如一个准备降生的世界，一个正在等待的世界。在我们看来，它在要求我们发出一个信号，一个火花，一个第一诫命。我们无法得知我们该给出什么词语，也无法得知这个地球期望见证什么伟大的行为。我们知道它在等待。它似乎在说，它将送给我们一些很棒的礼物，却希望我们回赠给它的礼物能够更棒。我们得讲出来。我们得把它的目标，它的最高意义，送给这一整个由岩石与天空构成的皎洁的空间。

我们向远处望去。我们乞求我们的心指引我们，去回应这个无声却可以听到的召唤。我们看着我们的双手。我们看见了几个世纪的尘土，那尘土里隐藏着巨大的秘密，也许还有巨大的邪恶。然而，它并没有在我们心里激起恐惧，它激起的只是沉默的敬意与同情。

愿我们快点明白吧！我们的心已经知道了那个秘密，虽然它怦怦直跳，似乎在努力地讲出来，但它还不会向我们泄露。这个秘密究竟是什么呢？

ELEVEN

11

我是。我想。我将。

我的双手……我的精神……我的天空……我的森林……我的这个地球……

除了这些我还应该说什么呢？这就是那些词语。这就是答案。

我站在山巅。我扬起头，伸出双臂。这，我的身体和精神，这就是追寻的尽头。我曾经希望知道万事万物的意义，但我就是意义。我曾经希望找到一个存在的理由，但我的存在不需要理由，也不需要命令来批准。我就是理由，我就是批准。

是我的眼睛在看，是我眼睛的视线给了地球美丽。是我的耳朵在听，是我耳朵的听觉给了世界歌曲。是我的头脑在想，我头脑的判断是能够找到真理的唯一探照灯。是我的意志在选择，我意志的选择是我唯一需要尊重的法令。

我得到了很多词语，其中一些充满智慧，还有一些是错误的，但是只有这个是神圣的："我愿意！"

无论我选择什么路，指路星都在我的心里；指路星，还有指路的磁石。它们指着同样的一个方向。它们指着我。

我不知道，我所立足于其上的这个地球，究竟是宇宙的核心，抑或只不过是迷失在永恒中的一粒微尘。我不知道，我也不在乎。因为我知道在这个地球上，对我而言，什么样的幸福是可能的。我的幸福不需要更高的目标去证明它的正确。我的幸福不是通往任何尽头的手段。它就是尽头。它就是它自己的目标。它就是它自己的目的。

我也不是通往其他人想到达的任何尽头的手段。我不是供他们使用的工具。我不是满足他们需求的仆人。我不是包扎他们伤口的绷带。我不是他们祭坛上面的祭品。

我是一个人。"我"这个奇迹是我的。我要拥有它，保留它，守卫它，使用它，并在它的面前跪倒在地。

我不会交出我的宝藏，也不会与人共享。我的精神财富不会被当成给精神上的穷人的施舍，砸成铜币抛进风中。我守卫着我的宝藏：我的思想，我的意志，我的自由。它们当中最重要的那个，是自由。

我不欠我的兄弟任何东西，我也不从他们那里积累债务。我不要求任何人为我而活，我也不为任何其他人而活。我不觊觎任何人的灵魂，也不让任何人觊觎我的灵魂。

我既不是我的兄弟的敌人，也不是他们的朋友，实际上，他们当中的每一个都有可能得到我的爱；但是要赢得我的爱，我的兄弟必须去做比出生更多的事情。我不会无缘无故地给人爱，也不会把它给予任何也许想要它的偶然经过的路人。我用我的爱来向人表示敬意，但敬意是要靠自己赢得的。

我会在所有人当中选择我的朋友，而不是奴隶或主人。我只会选择能让我高兴的那些人，我也会爱他们，尊敬他们，而不是命令或服从。如果愿意牵着手，我们就牵着手；如果渴望一个人走，我们就一个人走。因为在他精神的神殿里，每个人都是一个人。就让每个人的神殿都不被触碰、不被玷污吧。如果他愿意，就让他和其他人牵着手，但只能在他神圣的大门之外。

除非一个人自己选择，并且作为第二想法，否则，"我们"这个词语便永远都不得说出口。这个词语永远不得被放在人类灵魂里的第一位，不然它就会变成一个怪物，变成地球上所有邪恶的根源，变成人们备受折磨的根源，一个难以言表的谎言的根源。

"我们"这个词语就像是泼到人类头顶的石灰，它渗进石头缝里，让石头变得坚固，它把下面的一切全都压碎。无论是白还是黑，全都消失在了它的灰色当中。卑鄙者利用这个词语偷走了善良者的美德；弱者利用这个词语偷走了强者的力量；而愚者利用这个词语偷走了智者的智慧。

如果所有的手，甚至那些肮脏的手都能拿到，那我的快乐是什么？如果就连愚者都能对我发号施令，我的智慧又是什么？如果所有的生物，甚至那些蹩脚的、无能的都是我的主人，我的自由又是什么？如果我不得不低头、同意并服从，我的人生又是什么？

不过，我已经和这种堕落的信仰绝交了。

我和"我们"这个怪兽绝交了，我和农奴制、掠夺、悲惨、虚假和羞耻这些词语绝交了。

此刻，我看着神的脸庞，我把这位神举到地球之上。有史以来，人类一直在寻找这位神，他将给人类带来快乐、和平与自豪。

这位神，这个词语：

"我。"

TWELVE

12

读在我的房子里找到的第一本书时，我就看见了这个词——"我"。当我明白了这个词的意思之后，书从我手里掉了下去。从来不知道眼泪为何物的我，哭了起来。我是在为得到解救而哭，是在为对所有人类的同情而哭。

我理解了我一直视为对我的诅咒的那受到祝福的东西。我理解了为什么我身上最好的东西是我的罪过和我的违规，为什么我从没因为我的罪过而感到内疚。我理解了几个世纪的锁链和鞭打杀不死人类的精神，也杀不死他心底对真理的感受。

我花了很多日子读了很多书。然后我把"金色的人"叫来，告诉她我读到了什么又学到了什么。她看向我。她对我说的第一句话是：

"我爱你。"

然后我说：

"我最最亲爱的人，人类没有名字是不合适的。曾经有一段时间，每个人都有自己的名字，好把他跟其他所有人区分开。所以，让我们来给自己选个名字吧。我读了一个生活在几千年前的男人的故事，在这些书中所有的名字里面，我最想叫他的名字。他从神那里偷来光，把它带给了人类。他教会了人类怎样才能成为神。跟所有运送光的人一样，他也因自己的行为而遭受了痛苦。他的名字是普罗米修斯。"

"它将成为你的名字。""金色的人"说。

"我还读了一位女神的故事，"我说，"她是地球之母，众神之母。她的名字是盖亚。就拿这个当你的名字吧，我的'金色的人'，因为你将成为一种新神的母亲。"

"它将成为我的名字。""金色的人"说。

此刻，我展望未来。我的未来在我眼前无比清晰。火刑柴堆上的那位圣徒选择我做他的继承人时，选择我做在他之前的所有圣徒和所有殉道者的继承人时，就已经看到了未来。所有的那些圣徒，所有的那些殉道者，无论他们给自己的事业和自己的真理起了什么名字，他们的死都是因为同一个理由，同一个词语。

我会住在这里，住在我自己的房子里。我会通过自己双手的辛苦劳作从土地中获得食物。我会从我的那些书里得知很多秘密。在未来的岁月里，我会重树过去的成就，并开拓道路，带它们走得更远。那些成就对我敞开着，却将永远对我的兄弟关闭，因为他们的头脑被他们当中最为弱小、最为乏味的那些人控制了。

我得知我的"天空的能量"在很久之前就被人类发现了；他们叫它"电"。这种能量促成了他们最伟大的那些发明。通过墙上的那些玻璃球里产生的光，它照亮了这座房子。我已经发现了制造出这种光的发动机。我会学习怎么修它，怎么让它重新开始工作。我会学习怎么使用运送这种能量的那些金属丝。然后我会用金属丝在我家周围建起一道屏障，并且横穿通往我家的那些小路；一道像蜘蛛网一样轻的屏障，却比花岗岩砌成的墙更加难以逾越；一道我的兄弟永远不能跨过的屏障。除了人数上的优势，他们没有任何东西可以用来与我作战。我有我的头脑。

然后，在这里，在这高山之巅，当脚下踩着世界，头顶除了太阳空无一物，我会活出真实的自己。盖亚怀了我的孩子。我们的儿子会作为一个人被抚养长大。他会学着说"我"，并学着接受这个词语中所包含的自豪。他会学着用他自己的双脚笔直地走路。他会学着尊敬他自己的精神。

等我读完所有的书，学会我的新方法；等我的家即将整饬好，我的土地已经耕完，某一天，我会最后一次偷偷溜进我出生的那座受到诅咒的城市。我会召集我那些没有名字的朋友，除了"国际4—8818"，还有所有那些跟他一样的人：无缘无故地哭喊的"友爱2—5503"，在夜里叫救命的"团结9—6347"，还有其他几个人。我会召集所有心里的精神尚未被扼杀，正在他们兄弟的枷锁下遭受苦难的男人和女人。他们将会跟随着我，被我带到我的堡垒。在这里，在这片未在地图上标出的荒野之中，我跟他们，我挑选出来的朋友们，我的建设者伙伴们，将写下人类新历史的第一个篇章。

这些是我将要面临的事情。此刻，站在荣耀的门口，我最后一次回望。回望我从那些书上了解到的人类历史，我感到满心疑惑。那是一个很长的故事，而推动它的精神，是人类自由的精神。但什么是自由？从哪里获得自由？除了他人，没有别的东西能把自由从一个人身上夺走。获得自由，一个人必须摆脱他人。这才是自由。只有这个，没有其他。

起初，人被神奴役，但是他挣断了他们的锁链。接着，他被君主奴役，但是他挣断了他们的锁链。他被他的出身、他的亲人、他的种族奴役，但是他挣断了他们的锁链。他对自己所有的兄弟宣称，人拥有一种不能被神或君主或其他人夺走的权利，无论他们有多少人，因为他的权利是人的权利，在这个地球上，没有任何权利能超越这个权利。他站在了自由的门槛上，为了这一刻，他身后泼洒了几个世纪的鲜血。

然而，他随即便放弃了他赢来的一切，沦落到了一个比他那野蛮的开始还要低的位置。

是什么让这一切发生了？是什么灾难从人类身上带走了理性？是什么鞭子打得他们耻辱而屈服地跪倒在地？那便是对这个词语的崇拜："我们"。

当人类接受了这种崇拜，许多个世纪以来形成的结构体便在他们身边轰然倒塌了。这个结构体的每一根横梁都来自某一个人的思想，这些人全都处于他历史上的鼎盛时期；这个结构体的每一根横梁都来自某一种精神的深度，这种精神只为了它自己的利益而存在。那些苟活下来的人——那些因为没有其他东西可以证明自己的正确，所以急着服从，急着为他人而活的人——他们既不能继续，也不能保留他们所得到的东西。这个地球上所有的思想、所有的科学、所有的智慧，都是这样毁灭的。人类——除了他们庞大的数量没有任何东西可以提供的人类——就是这样失去了他们的钢塔、飞船、电线,失去了所有他们没有创造、也永远无法保留的东西。或许后来有一些人,天生就有头脑与勇气去找回失去的这些东西;或许这些人也去找了"学者之家委员会"。出于同样的原因,他们得到了跟我当时所得到的同样的回答。

可是我仍然想知道,在很久之前那些毫无优雅可言的过渡的岁月里,人类怎么可能没有看到他们正在盲目而胆怯地一步步走向衰亡,走向他们的宿命。我想知道,因为对我来说实在难以设想,知道"我"这个词语的人类,怎么可能放弃它,并且没有意识到自己失去了什么。但故事就是这样,因为我曾经住在这座遭天谴者的城市里,我知道人类允许什么样的恐怖降临到自己的头上。

或许在那些岁月里,人类当中的少数几个,少数几个拥有清晰视线和干净灵魂的人,曾经拒绝放弃这个词语。当他们看着即将到来而又无法阻止的那一切时,他们的心中该是多么痛苦!或许他们曾经抗议并警告地大声呼喊,但是人类毫不留意他们的警告。他们,这少数的几个人,打了一场无望的战役。他们死了,他们的旗帜被他们自己的血抹得一塌糊涂。然而,是他们自己选择了去死,因为他们知道。此刻，我要跨越几个世纪，对他们致以我的敬意和同情。

他们的旗帜就是我手里的这面旗帜。我真渴望当时我有能力去告诉他们，他们心底的绝望并非无可挽回，他们的黑夜并非没有希望。因为他们打败的那场战役永远不会失败。因为他们拼死拯救的那个东西永远不会消亡。穿过所有的黑暗，穿过人类能够蒙受的所有耻辱，人的精神将在这个地球上继续活下去。它也许会入睡，但终究将醒来。它也许会被捆上锁链，但终究将从中挣脱。人终究将继续向前。人，而非人类。

在这里，在这座山上，我和我的儿子们，还有我挑选出来的朋友们，会建设起我们的新大陆和新堡垒。它将变成世界的心脏，起初会消失并隐藏起来，但每一天都怦怦跳得越来越响。它的消息将抵达地球上的每一个角落。世界上所有的道路都将变得像血管一样，把全世界最好的血液带到我的门口。我所有的兄弟，还有我的兄弟的那些委员会，都会听到关于它的消息，但是他们将对我无能为力。终有一天，我会扯断地球上所有的锁链，把被奴役者的城市夷为平地。我的家将成为世界的首都，在这个世界里，每一个人都可以自由地为他自己的利益而存在。

为了这一天的来临，我会战斗，我和我的儿子们，还有我挑选出来的朋友们。为了人的自由。为了他的权利。为了他的人生。为了他的荣誉。

而在这里，在我的堡垒的大门上方，我会在石头上刻下那个词语。它既是我的灯塔也是我的旗帜。就算我们全都在战役中死去，这个词语也不会消亡。这个词语永远不会在这个世界上消亡，因为它就是它自己的心脏，它就是意义，它就是荣耀。

这个神圣的词语：

自我。

APPENDIX

附录

客观主义的要素

采用重庆出版社2013年版《阿特拉斯耸耸肩》杨格译本,并对其中表达不够确切之处做了改动。——编者注

从本质上讲,我的哲学观就是把人看作一个英雄一样的存在,他自己的幸福是他生活的道德目标,富有生产力的成就是他最高尚的行动,理性是他唯一的绝对原则。

——安·兰德

安·兰德将她的哲学观命名为"客观主义",并将其描述为在地球上生活的哲学观。客观主义是一种完整的思想体系,它给出了人要体面生活就必须遵守的思想和行为的抽象原则。安·兰德最先是借用她畅销小说《源泉》(1943年)及《阿特拉斯耸耸肩》(1957年)中的主人公,阐述了她的哲学观。随后,她用非虚构的作品对这种哲学观做出了表达。

曾经有人问安·兰德是否能简明扼要地概括出客观

主义的本质,她的回答是:

1　形而上学:客观现实
2　认识论:理性
3　伦理学:私利
4　政治学:资本主义

随后,她用更为通俗的语言阐述了上述理念:

1　"要想驾驭自然,就必须尊重自然。"
2　"你不能既想吃掉蛋糕,又想留着它。"
3　"人最终的目的是自己。"
4　"不自由,毋宁死。"

客观主义的基本原则可归纳为以下几方面:

1　**形而上学**:"现实和外部世界的存在独立于人的意识,独立于观察者的知识、信仰、感受、欲望或恐惧。这便意味着A即是A,事实便是事实,万物皆是天成——人的意识的任务就是去认知现实，而不是去制造或发明它。"因此，客观主义排斥任何超越自然的信仰——以及任何宣称个人或群体创造了自己的现实的主张。

2 **认识论**："人的理性完全能够了解现实的真相。理性是对人的感官所提供的素材加以识别和综合的思维能力。理性是人获得知识的唯一手段。"因而，客观主义排斥神秘主义(即任何靠接受信仰或感觉来获得知识的手段)，而且它排斥怀疑主义(宣称确定或知识不可能)。

3 **人类本性**：人是一种理性动物。理性作为人仅有的求知方式，是人最基本的生存手段，但理性的运用取决于每一个人的选择。"人是一种有意志感知的生物。""你所说的灵魂或精神便是你的意识，你所说的'自由意志'就是你头脑思考的自由，它也是你唯一的意志与自由。(它是)控制你一切选择的选择，决定着你的生活与个性。"因而，客观主义排斥任何一种决定论，排斥人是一种人所不能控制的力量的受害者的信念(诸如上帝、命运、教养、基因或者经济条件)。

4 **伦理学**："理性是人对于价值所做出的唯一正确的判断和唯一正确的行为指南。正确的道德标准是：人是作为人而生存——比方说，它是人在天性当中为了要像一个理性的动物那样生存而提出的要求（而不是像一个没有头脑的残暴之徒那样出于一时的生理存活需要）。理性是人的基本美德，人的三个最重要的特色是：理性，目的，自尊。人——每一个人——最终的目的都是自己，而不是满足他人；他必须为了自己而活，既不为他人而牺牲自己，也不为自己而牺牲他人；他必须以实现自己的幸福作为他生命中的最高道德目标，为了他理性的个人利益而工作。"

5 **政治学**："客观主义者伦理学中的基本社会原则是，任何人都不能以武力从他人那里获取价值——比如，任何人或者群体都无权对他人行使暴力。人们只有在自卫、只有在反抗武力的挑起者时，才有权动武。人们之间应该像商人那样，在自由和互愿互惠的原则之下交换价值。唯一禁止人类关系中出现暴力的社会制度便是自由放任的资本主义。资本主义是一种在认可个人权利包括财产权的基础上建立的制度，政府在其中的唯一职能便是保护个人权利，比如保护人们不受武力挑起者的侵犯。"因而，客观主义排斥诸如法西斯主义等任何形式的集体主义。它也同样排斥目前主张政府规范经济、对财富进行重新分配的"混合型经济"。

6 **美学**："艺术是根据艺术家形而上学的价值取向而对现实进行的有选择的再创造。"艺术的目的是具体表现出艺术家对存在的根本看法。安·兰德将她自己的艺术手段描述为"浪漫现实主义"："我是个浪漫派，因为我所呈现的是人类本该有的样子。我是个现实派，因为我将他们安排在了此时此地的这个地球上。"安·兰德的小说作品不是在说教，而是洋溢着艺术的气息：去塑造一个理想中的人物。"我的目标，最原始的动因，以及主要的推动力就是将霍华德·洛克，约翰·高尔特，或者汉克·里尔登，或者弗兰西斯科·德安孔尼亚，塑造成只为自我而存在的人——而不是为了任何其他的目的而存在。"